## DE LA MÊME AUTRICE

**Roman**

***La malédiction de l'Indien***, Gallimard, collection « Continents Noirs », 2021

ANNE TERRIER

# LA NUIT TU ES NOIRE, LE JOUR TU ES BLANCHE

ROMAN

CONTINENTS NOIRS *nrf* GALLIMARD

À défaut d'être entendus, nous ne sommes personne.

ZADIE SMITH

LIEUX PRINCIPAUX DE GUADELOUP

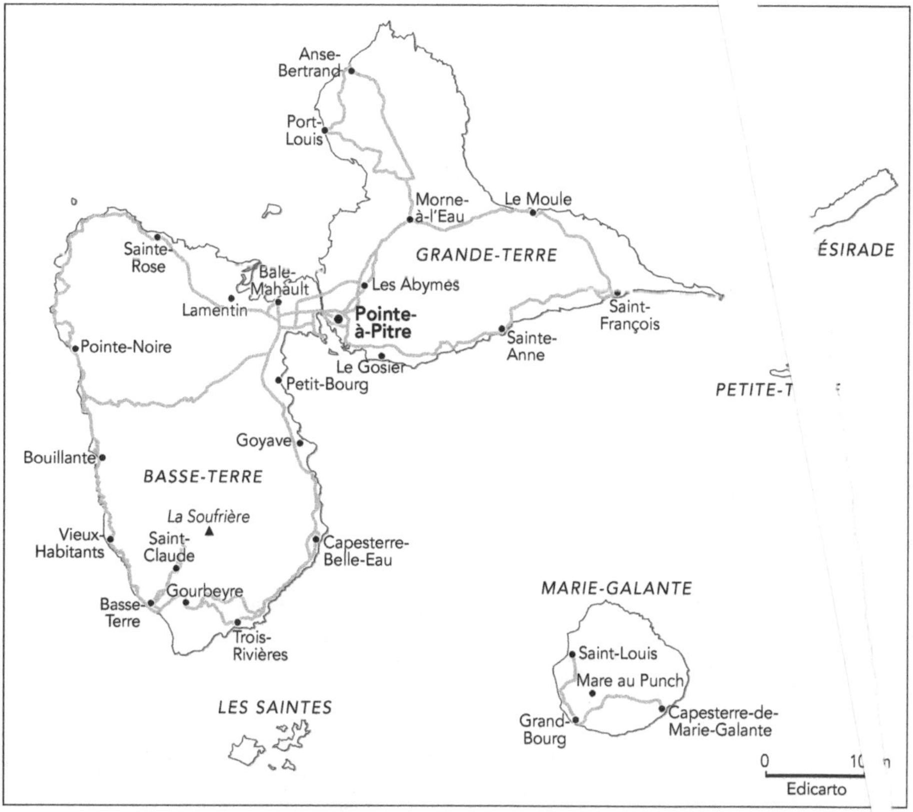

# LIEUX PRINCIPAUX DE MARTINIQUE

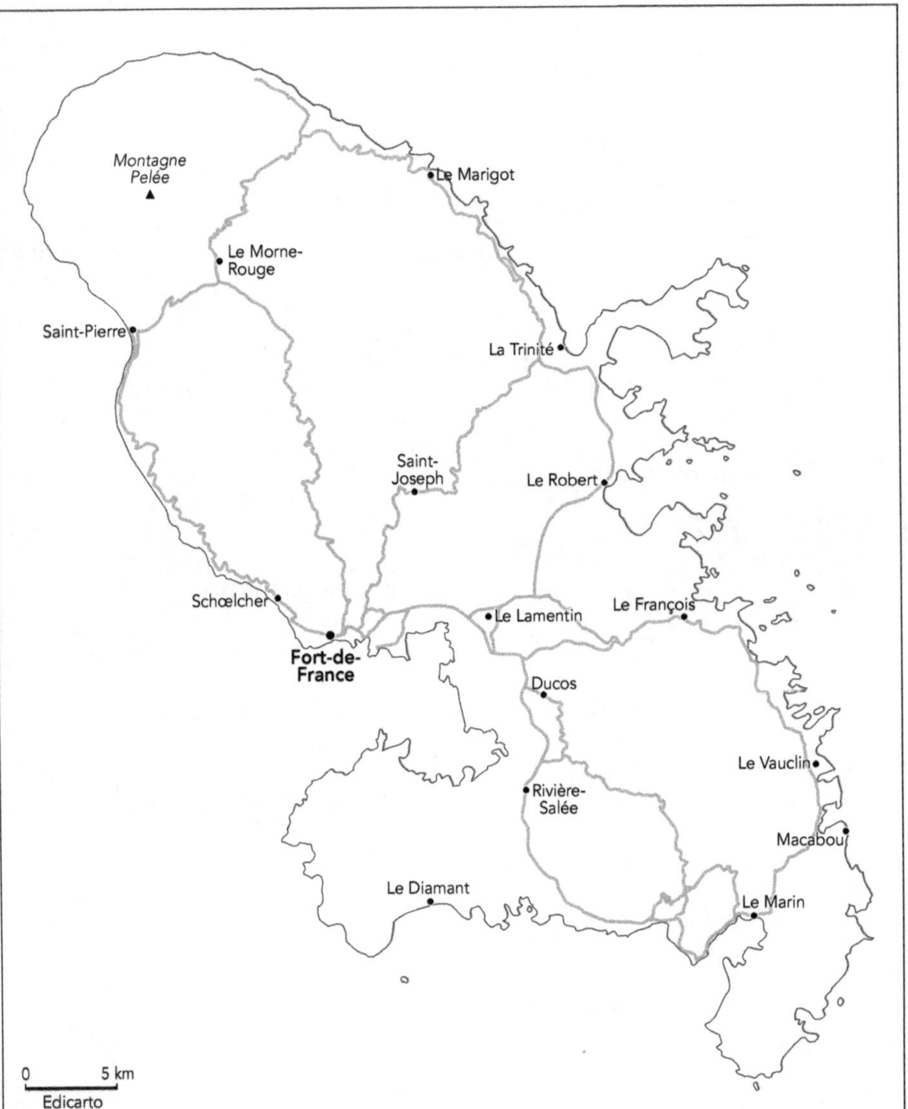

# LIEUX PRINCIPAUX DU MAROC

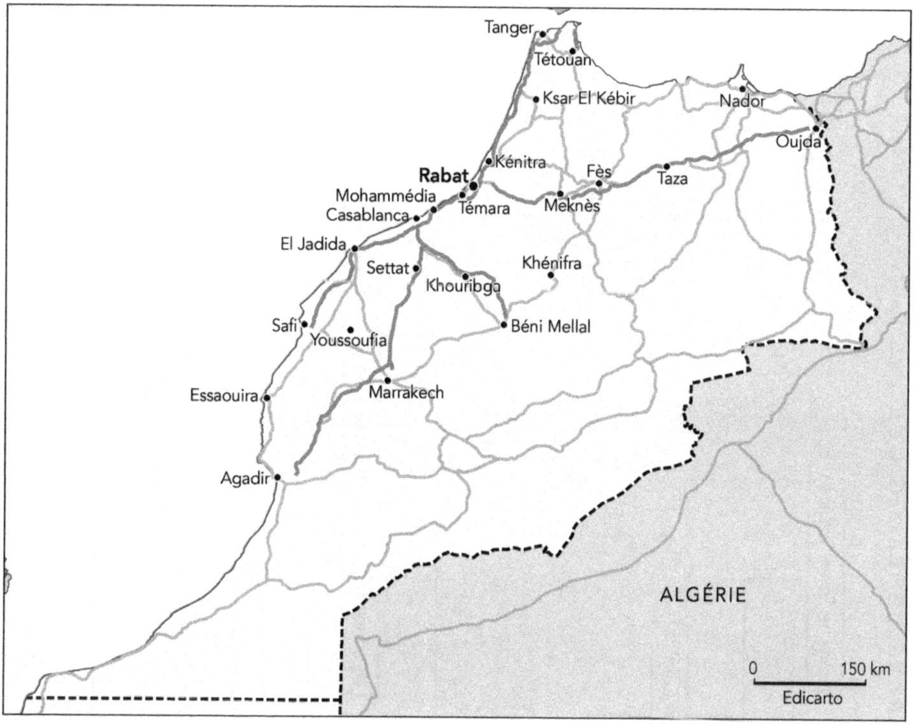

# APERÇU DE L'ARBRE GÉNÉALOGIQUE DES SAINT-SULPICE

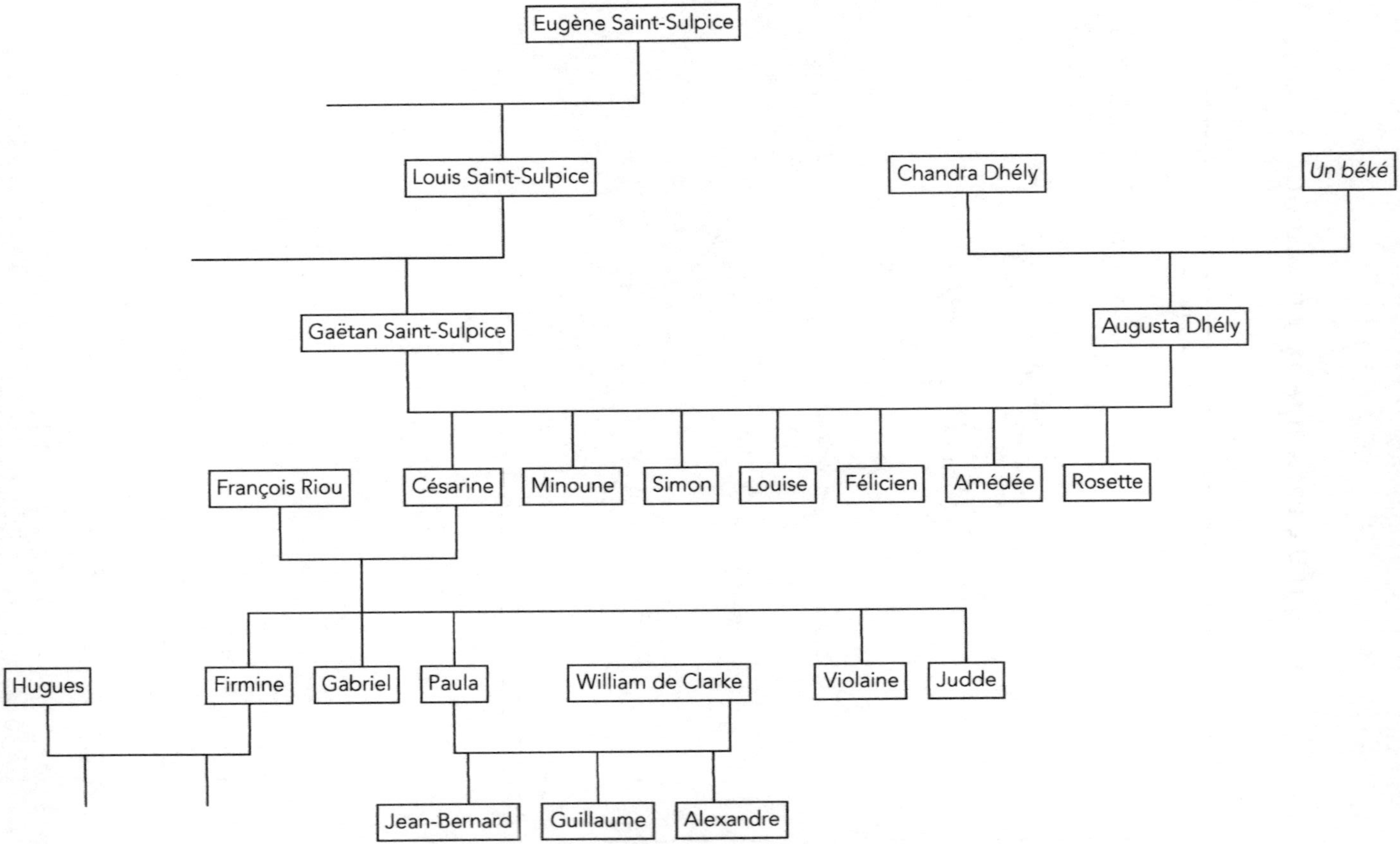

*De temps en temps, elle m'appelle :*

*— Quand est-ce que vous venez ?*

*Au téléphone sa voix est encore plus douce qu'en face à face, lorsqu'elle me reçoit à intervalles réguliers dans son appartement parisien.*

*Elle a la voix fraîche d'une jeune fille de vingt ans, la voix sensuelle et en même temps fragile de Françoise Hardy chantant* Mon amie la rose, *cette voix dont Bob Dylan est tombé éperdument amoureux bien avant Jacques Dutronc. Pas la voix d'une femme qui porte dans son cœur des blessures indélébiles.*

*J'invoque ma charge de travail, ma voiture que je dois récupérer chez le garagiste. Mais j'ai mauvaise conscience, alors oui, je vais venir.*

*— Vous comprenez, je me suis tue pendant si longtemps... Maintenant, il faut que je parle. Il le faut, insiste-t-elle.*

*L'urgence me semble être d'un autre ordre. Paula a quatre-vingt-dix-huit ans.*

*— Demain, cela vous irait ?*

# 1

Paula regarde le monde à travers les jalousies de sa chambre. Dans la journée elles sont constamment fermées, ne laissant entrer qu'une lumière tamisée entre les lattes de bois inclinées. L'absence de vitres favorise la circulation de l'air dans toutes les pièces de la maison. Elle permet aussi d'entendre ce qui se passe à l'extérieur.

Depuis son poste d'observation, Paula guette les allées et venues des visiteurs, des domestiques, des membres de la famille. Elle tend l'oreille à l'affût des conversations dans l'espoir de trouver la clé de cet univers auquel elle se sent étrangère.

Lorsque rien ne se passe, elle garde les yeux rivés sur l'arbre du voyageur, planté au milieu de la pelouse, dont les branches majestueuses s'étalent à la manière d'un éventail. Elle voudrait s'adosser à son tronc, se nourrir de sa sève, s'immerger dans la fraîcheur de l'eau de pluie qu'il retient dans ses tiges. Elle rêve de la caresse de ses branches délicatement remuées par le « petit vent », le nom qu'elle donne aux alizés.

L'immobilité de l'attente lui pèse. Alors, malgré la chaleur, elle sautille le plus doucement possible sur le plancher en bois d'acajou. Ne pas faire de bruit. Ne pas réveiller Judde ni Violaine. Elle aussi est censée faire la sieste, mais elle n'a jamais pu dormir en plein jour dans l'atmosphère moite et étouffante de la Caraïbe.

La nuit est tombée – tout juste a-t-on eu le temps de voir le soleil se coucher. Paula peut maintenant ouvrir les persiennes. Elle s'installe dans le hamac accroché au balcon et observe l'horizon. La lueur de la lune scintille et danse sur la mer sombre, juste en dessous d'elle. Le long de la côte, de petites lumières orange se déplacent lentement au ras de l'eau – les lampions des pêcheurs et des ramasseurs de coquillages. Plus loin, elle devine les contours des nombreux îlets, promontoires flottants dans la noirceur de la nuit.

Oui, aussi étrange que cela paraisse, la Maison de la mer est juste au ras de l'eau. Une maison blanche et carrée, couronnée d'un pignon tout aussi disgracieux que ses murs effrités. Elle semble avoir été construite à la va-vite, dans un but purement utilitaire et non pour l'agrément de ses occupants. Seul l'immense balcon qui fait presque le tour de la maison retient l'attention. Il est si large qu'on y a mis une table et des chaises.

Au début, elle avait peur de vivre ainsi. Et si le balcon s'écroulait ? Les vagues ne lèchent pas encore le mur de soubassement, mais ce n'est qu'une question de temps.

Lors des tempêtes, elles passent par-dessus la rambarde en mancenillier et inondent le balcon.

Puis elle s'est habituée, rassurée par le bruit régulier des vagues et par la proximité de la plage. Mais pourquoi son grand-père a-t-il acheté aux Sœurs blanches, les missionnaires qui l'ont fait construire, cette maison située si près de l'eau ? Sûrement pour que l'on puisse s'enfuir en bateau en cas de besoin. Il suffit de descendre trois marches et on a les pieds dans la mer. Bien que rien n'indique que quelqu'un aura un jour besoin de fuir précipitamment, Paula n'envisage pas d'autre explication.

# 2

Ils n'ont pas revu leurs parents depuis des années. Pour combien de temps encore ? Chaque matin en se réveillant, Paula prie pour que la journée à venir soit celle de leur retour.

Et s'ils les avaient laissés là pour toujours ? Qu'ils aient voulu oublier Violaine, cette chipie qui lui vole toutes ses affaires, qui rapporte à Tante Rosette le moindre de ses faits et gestes, qui triche aux dominos – passe encore. Qu'ils aient voulu se débarrasser d'elle, qui pleure tout le temps, que son père appelait sa pie-grièche, oiseau d'humeur chagrine et querelleuse – admettons. Mais Judde ? Pourquoi auraient-ils voulu abandonner un petit garçon aussi adorable qui portait encore des couches deux ans auparavant, un joli bébé brun aux yeux immenses qui, désormais, pleure davantage que sa grande sœur ?

Et s'ils étaient morts ? Oui, c'est cela. Ils sont morts. Et Grand-Père ne veut pas qu'on leur dise la vérité. Ça serait bien trop de chagrin.

Paula s'est-elle jamais baignée dans cette eau couleur turquoise avec de magnifiques reflets violets ? Dans cette mer aux vagues languides mais capables d'entrer brusquement en furie?

Elle a un vague souvenir de moments où elles étaient assises, sa sœur et elle, sur un tronc d'arbre flottant dans la mer. Leurs tantes, chacune à une extrémité, les poussent vers le large tout en riant de l'effroi des deux fillettes. Aucune d'elles ne sait nager. Elles sont toutes nées aux Antilles – Louise et Rosette à Marie-Galante, Violaine et Paula à la Martinique –, mais la mer est un monde hostile pour de nombreux insulaires caribéens. Le silence des abîmes, où reposent pour l'éternité les millions de noyés jetés des navires négriers, est trompeur. Une hydre monstrueuse peut à tout instant surgir du gouffre et s'emparer d'elles.

Alors, pas de baignades. Même la rencontre avec le soleil des tropiques leur est interdite, comme si celui-ci était responsable de leur malheur à tous. Ne jamais traîner sur le chemin de l'école. Ne jamais oublier son chapeau de paille. Ne jamais s'exposer. Garder la peau blanche et fragile des Blancs créoles comme Grand-Père, le seul à avoir su conserver la sienne intacte.

La plupart du temps, ils gardent la chambre comme s'ils étaient malades. Une chambre immense avec un grand lit à baldaquin du même bois d'acajou que le parquet et deux petits lits-bateaux le long des murs. Une moustiquaire est accrochée au plafond au-dessus de chaque lit. De temps en temps, Mimoune propose à l'un ou à l'autre de dormir avec elle dans le grand lit. Le chanceux du jour, ou plutôt de la nuit, est alors dispensé de s'enduire de crème antimoustiques – une précaution supplémentaire –, dont Mimoune ne supporte pas l'odeur.

C'est étrange, qu'il y ait autant de moustiques à Grand-Bourg qu'à Rivière-Salée. C'est pourtant à cause d'eux qu'ils ont dû quitter la Martinique pour vivre à Marie-Galante avec leurs oncles et tantes. En tout cas, c'est ce qu'on leur a dit.

Les moustiques de Rivière-Salée, des *yens-yens* invisibles à l'œil nu, les dévoraient dès la tombée de la nuit. Leurs piqûres étaient insupportables. Chaque soir, leur mère les plongeait dans des bassines d'eau pour tenter de les soulager, après avoir essayé sans succès tous les répulsifs naturels. Il n'y a rien que l'on puisse faire, disait-elle : vos peaux attirent les moustiques.

## 3

À mesure que le temps passe, les contours du visage de ses parents deviennent flous. Le sourire de sa mère s'estompe comme s'effacent peu à peu ses souvenirs de la Martinique. Ne subsiste plus que le rougeoiement du volcan qu'elle observait de loin, fascinée, lorsqu'ils habitaient au Morne-Rouge et que la lave incandescente dévalait les flancs de la montagne Pelée.

Ou le colibri qui venait régulièrement, le matin, boire l'eau sucrée de l'abreuvoir suspendu aux piliers en bois de la terrasse. Tout en piaillant, il battait des ailes à une telle vitesse que leurs vibrations produisaient un bourdonnement semblable à celui des abeilles. Violaine et elle se chamaillaient souvent pour savoir de quelle couleur il était. D'un vert lumineux comme les lucioles ? Bleu-vert comme la mer ? Couleur de l'arc-en-ciel ? Elles l'avaient baptisé *Ti'Zozio*.

Le souvenir du voyage depuis Rivière-Salée jusqu'à Grand-Bourg est, lui, intact. Elle revoit son père, assis à côté d'elle dans la carriole qui les mène à Fort-de-France. Là, elle embarque avec sa mère, son frère et sa sœur sur le vapeur qui fait la navette entre la Martinique et la Guadeloupe.

C'est la première fois que Paula s'aventure au-delà du périmètre situé entre la maison et l'école. Ils sont restés à l'avant du bateau, sur le pont, dans l'espoir d'échapper au mal de mer. Les embruns lui giflent le visage et le vent fait s'envoler ses cheveux malgré la barrette avec laquelle elle tente de les maintenir. Elle s'émerveille de voir la côte qu'ils longent un long moment. Elle découvre la mangrove, ce défilé d'arbustes qui poussent dans l'eau de mer. Elle écarquille les yeux au passage des îlets dans l'espoir d'apercevoir les nombreux iguanes qui trouvent refuge sur ces territoires minuscules restés à l'état sauvage. Mais lorsqu'ils arrivent en haute mer, exceptionnellement agitée ce jour-là, ils doivent se réfugier à l'intérieur du bateau. Celui-ci est trop chargé, il penche dangereusement à chaque vague. Alors les passagers se précipitent d'un seul élan à bâbord pour l'équilibrer. Puis, dès que la vague reflue, ils se précipitent à tribord. Et ils recommencent autant de fois qu'il le faut.

Violaine et Paula, subjuguées par cette étrange chorégraphie maritime, les imitent en riant.

Il y a foule à Saint-Louis, le port de l'île de Marie-Galante où ils accostent après une escale à Pointe-à-Pitre. Une foule dense, colorée. Les gens parlent fort – les uns en français, les autres en créole –, ils rient sans retenue, ils prennent dans leurs bras les nouveaux arrivés. Leur mère porte Judde sur la hanche. Violaine et Paula s'accrochent à sa longue jupe tandis qu'elle essaye de se frayer un passage parmi la foule. Un porteur les suit tant bien que mal avec les valises posées en équilibre instable sur un chariot. Cela sent la sueur sous les aisselles des hommes et l'huile de coco dans les cheveux des femmes, mais aussi la vanille, le poisson et l'hibiscus. La vie semble jaillir ici plus impétueusement qu'ailleurs, plus joyeusement surtout.

Mimoune, dans une robe légère de coton blanc, les attend à l'écart de la foule, tranquillement adossée à un palmier. Paula reconnaît tout de suite sa tante, aussi grande et mince que dans son souvenir. Celle-ci étreint longuement sa sœur. Puis eux aussi ont droit aux embrassades, aux regards étonnés, aux commentaires sur le fait qu'ils ont bien grandi depuis la dernière fois.

La dernière fois, c'était lorsque Mimoune avait fait en sens inverse le chemin qu'ils viennent d'effectuer. Elle venait aider Césarine, épuisée par les naissances rapprochées, à s'occuper de ses cinq enfants. Judde venait de naître, Violaine entrait à l'école, Paula était tout le temps malade, Firmine et Gabriel n'avaient même pas dix ans.

Car il y a deux aînés, dont la vie n'a pas encore basculé. Encore un an de répit et ils seront, à leur tour, exilés. Firmine entrera au « pensionnat », le lycée de jeunes filles de Fort-de-France, à une vingtaine de kilomètres de Rivière-Salée. Elle sera la seule de la fratrie à rester en Martinique, la seule à avoir le privilège de rentrer à la maison les week-ends et aux vacances scolaires. Elle sera, comme autrefois, leur fille unique.

Gabriel, lui, sera envoyé en France. On le destine à devenir saint-cyrien, aussi sera-t-il pensionnaire dans une prestigieuse école militaire. Personne ne considérera que son jeune âge – onze ans – est un obstacle au fait de grandir dans une région et une ville inconnues, où il n'a aucune attache familiale. Et il ne recevra aucune visite de ses parents ni de ses frères et sœurs durant toute sa scolarité.

# 4

Installés dans la carriole conduite par Onésime, l'un des serviteurs de son grand-père, ils longent la côte pour rejoindre la maison familiale, traversant de nombreux bourgs. Césarine ne cesse de s'étonner de la désolation de ce paysage qu'elle ne reconnaît pas, bien qu'elle y ait vécu jusqu'à son mariage.

L'excitation de ceux qui reviennent chez eux après une longue absence, qui retrouvent avec émotion les odeurs et les paysages de leur enfance, est retombée. Elle cherche en vain les immenses maisons coloniales avec leurs terrasses en bois qui en font le tour, les cocotiers et les mancenilliers qui, auparavant, bordaient le littoral. Où sont les frangipaniers de plusieurs mètres de haut dont les fleurs aux dégradés de couleurs variées exhalent un parfum d'une douceur exquise ? Où sont les raisiniers, les gommiers rouges et cet acajou blanc qu'elle aime tant ?

Partout ce ne sont qu'arbres arrachés, routes défoncées, monticules de terre et de pierres sommairement ramassées. Les villages n'offrent plus aux regards que des bâtiments en construction, des chantiers, des échafaudages sur lesquels travaillaient d'arrache-pied des dizaines d'ouvriers.

— Cela a dû être effrayant, dit Césarine.

— Plus de mille deux cents morts, sans compter les gens qui ont tout perdu, confirme Mimoune.

La terreur s'est emparée de la population lorsque le cyclone a tout ravagé sur son passage. La date du 12 septembre 1928 est gravée à jamais dans la mémoire des habitants.

Cela a commencé par la mer. Dès l'aube celle-ci a perdu sa belle couleur turquoise, remplacée par un bleu sombre comme un mauvais pressentiment. La houle s'accentuait d'heure en heure, le ciel était brumeux. Le vent soufflait par rafales depuis la nuit précédente. Au son du tambour, les autorités ont averti la population de toute la Guadeloupe de prendre les dispositions nécessaires. Chacun savait ce qu'il avait à faire : clouer des planches ou des barres de fer devant les jalousies, mettre le bétail à l'abri, ne rien laisser traîner dans les jardins et se protéger soi-même du mieux possible. Mais personne n'imaginait que les éléments allaient se déchaîner avec une telle violence.

À mesure que la matinée avançait, les nuages défilaient à une vitesse vertigineuse et la mer commençait à monter. Le vent hurlait de rage. Il s'acharnait contre les portes, les cloisons, les toits des habitations qu'il voulait à toute force arracher. La lutte était inégale et les maisons commencèrent à céder. Des trombes d'eau s'y engouffrèrent comme si la pluie n'avait attendu que cela : que le vent lui ouvre le chemin.

En début d'après-midi, à l'heure où les habitants auraient dû faire la sieste au lieu de se terrer dans des abris qui ne leur apportaient qu'une protection illusoire, le vent est tombé d'un coup. La mer a semblé se figer. Un grand calme a recouvert l'île. Pas de quoi se réjouir – au contraire. Ils savaient que le pire était à venir. Ils se trouvaient dans l'œil du cyclone, ce bref moment de calme avant que le ciel ne leur tombe sur la tête.

Déjà, le vent reprenait sa course folle dans un vacarme de tuiles et de tôles arrachées puis projetées violemment des dizaines de mètres plus loin. Les arbres fendus ou déracinés gémissaient dans de sinistres craquements. L'eau de mer montait à la rencontre de l'eau de pluie. Leurs forces réunies soulevaient les planchers des maisons plusieurs mètres au-dessus du sol, prenaient à rebours les escaliers en bois et noyaient leurs habitants. La danse macabre a duré plus de vingt-quatre heures. Les eaux sont montées si haut que des barques se sont échouées en plein centre du village. Tous les bâtiments administratifs ont été détruits, les habitations gravement endommagées ou anéanties elles aussi, le bétail décimé, la végétation arrachée. Seuls l'église et le clocher de Grand-Bourg ont été miraculeusement épargnés.

La maison familiale a résisté, on ne sait comment, dit Mimoune à la fin de son récit. Mais en quarante-huit heures la plage a disparu tellement la mer est montée haut. Alors la maison est maintenant au ras de l'eau et les embruns risquent de l'abîmer rapidement.

— Père aurait mieux fait de rester au bourg, dans l'ancienne maison, dit Césarine.

— Tu sais bien pourquoi, répond Mimoune.

## 5

Une longue allée bordée de cocotiers minuscules s'ouvre devant eux tel un tapis rouge déroulé pour les recevoir. Ce sont des cocotiers nains, si différents de ceux que Paula connaît. Des noix de coco vertes sont agglutinées en grappes à la base de leur tronc large et trapu, contrairement à celui des grands cocotiers. Ils sont peu répandus dans l'île car ils résistent mal à la sécheresse et sont vulnérables aux attaques d'insectes, explique Mimoune.

L'allée se termine sur une pelouse tondue à la façon d'un gazon anglais sur lequel trône majestueusement un arbre du voyageur. Au pied d'un escalier en pierre, deux rangées de personnes se font face, formant une haie d'honneur. Pourquoi ces gens sont-ils figés et raides comme des statues ? Est-ce cela qui fait rire sa mère ?

Les présentations à la famille – rangée de droite – et aux domestiques – rangée de gauche – sont un calvaire. Judde n'écoute pas, il gambade au pied des adultes qui le regardent d'un air attendri. Comment faire pour retenir tous ces prénoms ? Paula se sent déjà fautive, prête à subir la punition qui s'abat sur elle en classe, lorsqu'elle échoue à se remémorer les noms et les liens de parenté des personnages historiques.

Pour les domestiques, il lui suffira peut-être d'associer leur prénom à leur fonction dans la maison. Madame Gilberte est la gouvernante – celle qui, autrefois, a élevé sa mère, ses tantes et ses oncles. Élysée est un vieux monsieur aux cheveux blancs qui ressemble davantage à un clochard qu'à un jardinier. Onésime, elle le connaît déjà, immense et squelettique comme un zombie. C'est l'homme « à tout faire », lui dit-on sans pour autant lui expliquer le sens de cette étrange formule. Pour Démosthène, c'est facile : il porte un tablier blanc et un grand couteau de cuisine passé dans la ceinture. Assély, à côté de lui, est la « petite bonne ». Paula ne sait pas si c'est à cause de sa petite taille ou du fait qu'elle a l'air trop jeune pour travailler. Quant à Madame Choucoutou, Paula comprend qu'elle va croiser son sourire édenté dans toutes les pièces de la maison puisqu'elle y fait le ménage, le repassage et d'autres travaux domestiques. Tous sont noirs de peau, d'un noir subtilement différent pour chacun.

Les membres de la famille sont moins nombreux que les domestiques. Paula fait la connaissance de ses oncles Félicien et Amédée, de ses tantes Louise et Rosette. Félicien, apparemment pressé de retourner à ses occupations, lui jette un regard de profonde indifférence. Rosette semble à peine plus âgée que la « petite bonne ». Paula est sur le point de lui sauter au cou mais quelque chose la retient. Rosette s'est reculée de quelques pas.

Il manque son grand-père, Gaëtan. Paula, Violaine et Judde ne le rencontreront qu'une fois leur mère repartie vers la Martinique.

## 6

Un napperon blanc brodé recouvre la petite table carrée que l'on a dressée sur le balcon. Mimoune supervise le petit déjeuner, opération qui consiste à leur faire boire un jus de maracuja dont l'acidité les rebute et à manger un œuf à la coque dont le blanc visqueux donne à Violaine des haut-le-cœur. Viennent ensuite des tartines recouvertes d'une pâte de goyave horriblement sucrée. Le matin, ils ont toujours faim – le soir, leur dîner se réduit à un bol de chocolat très noir qui contient davantage d'eau que de lait. Alors ils mangent ce qu'on leur donne.

Ils regagnent leur chambre et attendent qu'on vienne les chercher. Elle se trouve à l'étage, à côté de celles de Louise et de Rosette. Les trois pièces communiquent avec le balcon par une large porte-fenêtre. Au rez-de-chaussée se trouvent les chambres de leurs oncles qui ne dorment là que les week-ends et celle de leur grand-père qui y dort encore plus rarement.

Ils guettent le bruit de la carriole qu'Onésime sort du hangar tous les jours à la même heure, bien calé sur le siège du conducteur en tenant d'une seule main les rênes du cheval. C'est lui qui emmène les filles à l'école et Judde chez la nourrice où ils se retrouveront tous les trois pour le déjeuner.

Les domestiques vivent quelque part au bout d'un long couloir humide et sombre que personne d'autre qu'eux n'emprunte.

Paula, Judde et Violaine ont de nombreuses raisons d'éviter ce couloir. Ils n'y sont pas à l'abri d'une rencontre fortuite avec quelque ravet se dirigeant avec assurance vers les cuisines. Ou, pire, avec une scolopendre. Peu de temps après son arrivée, Paula s'est aventurée, seule, dans cette obscurité et a aperçu l'horrible mille-pattes dont le venin est particulièrement dangereux sous cette latitude.

Depuis lors, sa peur du noir est insurmontable. Chaque soir, faute d'électricité, elle rejoint la chambre en tenant maladroitement une lampe à pétrole, suivie par sa sœur et son frère qui se tiennent par la main. Les escaliers sont raides, la lampe projette de drôles d'ombres sur les murs. Elle avance le cœur battant, encore sous le choc des histoires de zombies que Louise et Rosette leur racontent juste avant d'aller dormir. Faire peur aux enfants semble leur procurer un immense plaisir.

Ils ont presque autant peur des domestiques, dont les dents leur paraissent immenses tant leur blancheur contraste avec la couleur de leur peau. Ce n'était pas le cas en Martinique ; mais Démosthène, le cuisinier, ne quitte jamais son grand couteau accroché à sa ceinture. Il semble en permanence à l'affût d'un animal à désosser ou d'une cuisse à trancher. Asssély, la jeune bonne à peine adolescente, leur tire les cheveux dès que l'un d'eux passe à côté d'elle. Et Madame Choucoutou avec sa bouche édentée a d'autres choses à faire que de leur donner des *tibo* en signe d'affection.

*Tibo.* Paula aime ce mot. Ils ont pourtant interdiction de parler créole. Grand-Père les punirait tous s'il savait que Mimoune, à voix basse, leur apprend les rudiments de ce qu'il considère comme le langage grossier des ouvriers agricoles. Leur plus grand plaisir est d'utiliser les expressions imagées que Mimoune, enfant, avait apprises de Gilberte, sa gouvernante – en cachette aussi, puisqu'elle était soumise, de même que ses frères et sœurs, à la même interdiction.

Paula, Violaine et Judde répètent comme une rengaine *Mwen pati ! Mwen pati !* en agitant malicieusement la main et en faisant semblant de s'éclipser sur la pointe des pieds. Judde, contrairement à ses sœurs, a les plus grandes difficultés à apprendre par cœur *Chat pas la, rat ka bay bal*, mais il se délecte autant qu'elles à imaginer les souris en train de danser en l'absence du félin. Tous trois se tordent de rire en répétant *I piti, mé kaka-ï gwo*, proverbe dont le sens figuré leur échappe, évidemment.

# 7

Mimoune est la plus douce et la plus gaie de leurs trois tantes. Elle rit facilement aux facéties de Judde ainsi qu'aux blagues des domestiques. Elle est plus âgée que Louise et surtout que Rosette, encore mineure. Mais celles-ci profitent de la gentillesse de leur sœur pour se décharger sur elle des tâches ménagères. Elles préfèrent se consacrer à d'autres activités auxquelles elles s'adonnent d'autant plus volontiers que cela leur fournit l'occasion de se moquer des pâles tentatives de leur aînée.

Mimoune, en effet, ne sait ni coudre ni broder de jolies choses. Les napperons au crochet sont tout ce qu'elle parvient à faire. Louise et Rosette, elles, non seulement brodent le linge de toute la maisonnée – les draps et les serviettes de table avec les initiales de chacun, les serviettes de toilette décorées de motifs variés –, mais confectionnent aussi de jolies robes en lin blanc qu'elles brodent ensuite.

Elles consacrent davantage de temps aux travaux d'aiguille depuis que Paula et Violaine font partie de la famille, et plus encore à l'approche de la fête du Christ-Roi.

Pour cette grande occasion, elles ajoutent des ailes d'ange aux robes de broderie anglaise qu'elles ont confectionnées. Contrairement à Paula, Violaine se prête avec bonheur à l'effervescence des essayages et aux regards admiratifs des deux femmes. Elle écoute avec intensité leurs discussions lorsqu'elles s'interrogent sur les matériaux et sur la technique à utiliser pour que les ailes des filles ne soient pas trop lourdes lorsqu'elles s'avanceront dans le chœur de l'église.

C'est la tradition à Grand-Bourg. Instituée quelques années auparavant par le pape Pie XI, la fête du Christ-Roi est l'occasion de rassembler les habitants pour une cérémonie religieuse dans l'église de l'Immaculée-Conception, après une procession à travers les rues du village.

C'est Gaëtan qui a eu l'idée de faire venir les filles à côté du père Lyme, de part et d'autre de l'autel, durant la messe.

Quoi de mieux, en effet, qu'une enfant pour symboliser la confiance des hommes envers le bon roi Jésus ? Il est celui qui veille sur les brebis de son troupeau, qui les protège en toutes circonstances, qui leur épargne la peur puisqu'elles savent que rien de mal ne peut leur arriver. Le bon roi sera toujours là pour ramener les brebis égarées, délivrer celles qui sont en danger, soigner celles qui sont malades.

Le prêtre a donné son accord pour cette mise en scène. Changerait-il d'avis s'il savait que cette journée est un long cauchemar pour Paula ?

Violaine et elle doivent rester immobiles durant toute la cérémonie. Paula tremble d'angoisse dès le matin de peur d'avoir des crampes dans les jambes ou, pire encore, envie de faire pipi. La liturgie dure une éternité. Chaque fois que le prêtre arrive à la fin de son texte, elle espère que ce sera le dernier. Mais un autre suit, et un autre encore. Elle ne comprend rien à ce qu'il dit – de toute façon, elle n'a pas envie de comprendre. Elle déteste l'odeur d'encens qui vient lui chatouiller les narines au risque de la faire éternuer. Elle déteste ces regards tournés vers elle, surtout ceux des hommes dont le blanc des yeux ressort exagérément sur la noirceur de leur peau. La première fois qu'elle s'est trouvée ainsi exposée à la vue de tous, telle une statue de la Vierge, elle s'est sentie au bord de l'évanouissement.

La fête de la Toussaint ne réjouit pas davantage Paula.

Le 1er novembre au soir, toute la famille se rend au cimetière.

Louise, Rosette et Madame Choucoutou y sont déjà allées de bon matin, armées de brosses, de savons et de seaux. Le caveau des Saint-Sulpice doit étinceler de blancheur. C'est un véritable monument en marbre surmonté d'un toit et fermé par une grille afin que l'on ne vole pas la statue de la Vierge Marie exposée dans une alcôve. Les jeunes femmes ont donc pourchassé durant des heures toute trace de saleté. Elles ont frotté, gratté la moisissure, savonné puis rincé à grande eau la pierre tombale. Elles ont envoyé Madame Choucoutou et ses deux seaux à l'unique pompe du cimetière. Elle y a fait la queue, comme tous les habitants du bourg absorbés ce jour-là par la même occupation. Madame Choucoutou en a profité pour bavarder en créole avec les uns et les autres, s'enquérir de leur santé, écouter les dernières nouvelles du bourg qu'elle a ensuite rapportées à Louise et à Rosette. Celles de la vieille Madame Robert qui, paraît-il, est partie dans d'horribles souffrances. Celles du maire du village qui va marier son fils. Pas Désiré, l'aîné, mais Ti' Pierre-Michel, le cadet. Quand ?

— Je ne sais pas, Mam'zelle Louise.

— Eh bien, ne reste pas plantée là ! Va te renseigner.

Madame Choucoutou repartie, Louise se plaint auprès de Rosette qu'elle n'a pas été invitée.

— Il n'a tout de même pas oublié que je l'aidais à faire ses devoirs lorsque nous étions à l'école.

Une fois la tombe nettoyée, elles déposent dans un vase un énorme bouquet composé d'héliconias d'un dégradé subtilement orangé et d'anthuriums dont les fleurs rouges sont à l'opposé de la tristesse du deuil.

À la nuit tombée, Gaëtan réunit la famille devant le perron et ils partent tous ensemble. Paula tremble déjà. Arrivée à l'entrée du cimetière, elle s'accroche à la main de Mimoune et retient son souffle en serpentant entre les tombes. Elle marche autant que possible les yeux fermés pour ne pas voir la multitude de bougies de toutes les couleurs qui flottent dans la nuit noire tels des yeux de zombies. Devant le caveau de la famille Saint-Sulpice, ses tantes déposent leurs bougies tandis que son grand-père et ses oncles sortent les boissons. Une bouteille de rhum provenant de la distillerie familiale pour les messieurs, un thermos de café pour les dames, un autre d'épais chocolat chaud parfumé à la cannelle – peut-on imaginer boisson plus écœurante ? – pour les enfants. Paula s'efforce de ne pas entendre les battements des tambours, les rires qui proviennent des autres tombes, les exclamations de surprise lors de retrouvailles fortuites ou non, ni les récits des vieilles personnes évoquant la vie de ceux qui sont morts.

Paula passe la soirée à réciter les prières qu'elle a apprises au catéchisme afin que Dieu ne la punisse pas de participer à cette débauche de joie et de promiscuité qui dure jusque tard dans la nuit. Elle croit que les flammes de l'enfer lèchent déjà dangereusement les contours de son âme. Elle n'a pas tenu la promesse faite à sa mère de prendre soin de sa sœur et de son frère. Comment le pourrait-elle ? Tout lui échappe. Elle n'est que celle du milieu, ni tout à fait grande comme Firmine et Gabriel, ni aussi petite que Violaine et Judde. Elle est perdue, écartelée entre deux mondes.

# 8

Ça ne lui dit rien qui vaille, cette visite surprise à la distillerie de son grand-père. Pourquoi manquer un jour de classe ? Paula n'aime pas l'imprévu. Elle imagine tout de suite le pire, comme si seul le fait de suivre une routine définie à l'avance pouvait la préserver des multiples dangers qui la guettent. Le chemin doit absolument être balisé, sinon elle se perdra en route. Et puis, malgré son air enjoué et le sourire sur son visage, les yeux de Mimoune sont anormalement rouges.

D'habitude, pour conjurer le mauvais sort, elle s'adonne à quelques rituels, dont celui de ne poser les pieds que sur les losanges bleus du carrelage de l'entrée, en évitant au prix d'une certaine gymnastique les losanges jaunes. Généralement, réussir les petits défis qu'elle se lance à elle-même la rassure et adoucit son humeur – pour quelques heures.

Mais aujourd'hui, elle ne parvient pas à fixer son attention. Elle ne regarde pas sur quels carreaux elle marche.

Son regard est attiré par les traces d'humidité sur les murs de la salle à manger. Elles forment une ligne horizontale située à presque un mètre du sol. C'est la hauteur à laquelle la mer est montée lors du dernier cyclone. Et si cela recommençait ? Le rappel de cette horrible nuit se trouve en permanence sous les yeux de toute la maisonnée. Pourtant personne, à part Paula, n'y prête attention. Il leur suffit que les meubles en acajou, dont la résistance à l'humidité est éprouvée, n'aient gardé aucune trace de l'événement. Astiqués quotidiennement par Madame Choucoutou, ils sont toujours d'un brun-roux aussi étincelant que la balustrade en bois qui sépare le salon de la salle à manger.

La veille, elle a entendu ses tantes se disputer. Cela a d'abord été un brouhaha indistinct provenant de la chambre d'à côté. Celle-ci, comme toutes les pièces de la maison, est dépourvue de vitres, aussi le son se transmet-il d'une chambre à l'autre par l'extérieur.

Puis Paula a reconnu les voix de Mimoune, de Louise et de Rosette. Mimoune crie que l'argent lui revient, Louise veut savoir de quel droit, Rosette lui demande pour qui elle se prend.

Effrayée par les cris et les voix cassantes de ses tantes, Violaine couvre ses oreilles de ses mains tandis que Judde gémit. Paula lui donne l'ordre de se taire et tend l'oreille.

Elle entend dire que Césarine ne serait pas contente si elle savait comment sont traités ses enfants, mais que Mimoune n'a pas intérêt à en parler.

Et le couperet tombe : « Tu sais ce qu'il te reste à faire ; il n'y a pas d'autre solution ; le plus tôt sera le mieux. »

Paula n'entend pas la réponse de Mimoune mais sa voix a perdu toute détermination. Un étrange bruit de gorge se propage le long du balcon.

Cela doit être grave. Paula n'a jamais vu ni entendu pleurer sa tante.

Tout visiteur qui arrive dans la cour de la distillerie Saint-Sulpice est accueilli par des aboiements furieux. Les trois chiens de Gaëtan, des dobermans aux mâchoires inquiétantes baptisés Nelson, Bismarck et Lucifer, sont de redoutables guetteurs. Gaëtan, qui déteste les Anglais autant que les Allemands, éprouve un plaisir retors à faire obéir ses chiens, à les voir se coucher à ses pieds, à les maîtriser d'un claquement de doigts. Comme s'il effaçait ainsi non seulement l'humiliante défaite subie par Napoléon à Trafalgar, mais aussi l'outrecuidance d'Horatio d'avoir installé une partie de la flotte britannique dans une autre île de la Caraïbe, Antigua. Sans parler des prétentions des Anglais de faire main basse, à plusieurs reprises au cours des siècles passés, sur la Martinique et la Guadeloupe. Quant à Bismarck, ce Prussien, il ne lui pardonne pas la capitulation de la France ni l'annexion de l'Alsace-Lorraine à l'Empire allemand lors de la guerre de 70.

Paula n'a pas peur des chiens, ni d'aucune autre espèce animale. Elle aime le contact doux et chaud de Zéphyr, le cheval de son grand-père, dont Onésime prend le plus grand soin. Elle aime le regard de gratitude que, malgré ses œillères, l'animal lui lance chaque fois qu'elle caresse son encolure fauve. Elle est en confiance avec les bêtes dont les intentions, à l'inverse de celles des humains, se manifestent toujours clairement au lieu de se cacher derrière un masque de bienveillance.

Autrefois, l'Habitation Saint-Sulpice était un immense domaine constitué d'une plantation de cannes, d'une sucrerie, d'un moulin à vent, des cases des esclaves et de la maison des maîtres entourée d'un magnifique jardin de fleurs exotiques.

Il ne subsiste plus aujourd'hui que le bâtiment tout en longueur et dépourvu de fenêtres de l'ex-sucrerie devenue distillerie, et la maison que Paula voit pour la première fois. Une maison très ancienne au toit de tuiles, toute en pierres d'un brun-jaune parsemées d'éclats de galets blancs. Il n'y a pas de jalousies mais des volets en bois plein – on dirait une vieille demeure bourguignonne.

Le rez-de-chaussée a été transformé en bureaux et en logements pour les domestiques, avec une cuisine extérieure. L'appartement de Gaëtan se trouve à l'étage. Quatre pièces en enfilade dont un salon et une vraie salle de bains – un luxe qu'il apprécie même s'il ne l'utilise pas tous les jours.

# 9

Paula ne sait pas si elle est contente ou non de revoir son grand-père. L'homme qui lui serre la main plutôt que de l'embrasser porte une longue moustache soigneusement entretenue. Il a des cheveux châtains et brillants à force d'avoir été lustrés afin que pas une mèche ne dépasse. Il arbore en permanence un regard sévère. Il n'est ni grand ni gros mais tout en lui respire l'ordre, l'autorité et le respect qu'il entend imposer à autrui. Malgré la chaleur, il porte un pantalon en flanelle noir et une chemise blanche. Jamais Paula ne l'a vu dans un vêtement de travail ou une tenue décontractée.

Jamais non plus Paula ne l'a vu sourire. Lorsqu'il s'annonce à déjeuner dans la Maison de la mer, c'est le branle-bas de combat. Démosthène a ordre de cuisiner un colombo de porc, son plat favori, Onésime d'aller au marché à la recherche des meilleurs avocats et de fruits à pain, Élysée de couper quelques fleurs du jardin pour faire un énorme bouquet que l'on place sur le vaisselier de la salle à manger. Louise et Rosette mettent une nappe brodée blanche, elles sortent la belle vaisselle – les couverts en argent, les verres et la carafe en cristal. Violaine et Paula doivent mettre leurs plus jolies robes, et Judde est même autorisé à déjeuner à la table familiale. Leur grand-père est considéré – et se considère lui-même – comme un hôte de marque dans sa propre maison.

Le seul hôte, d'ailleurs, qui y soit reçu. Il n'y a jamais d'invités dans la Maison de la mer. On y vit à l'écart du monde, comme s'il était interdit – mais par qui ? – d'appartenir à une communauté autre que familiale.

Gaëtan repart sitôt le déjeuner terminé et ce scénario se reproduit environ toutes les deux semaines. Le reste du temps, Gaëtan vit sur l'Habitation. Il peut ainsi, dit-il, surveiller la production.

Ne garde-t-il pas aussi un œil sur ses employés et un autre sur ses fils, Félicien et Amédée ? Ils font partie du personnel de l'Habitation et disposent d'une chambre, qu'ils n'occupent qu'en semaine, à côté de celle de leur père. Félicien, que Paula ne voit jamais car il voyage sans cesse, est responsable de l'exportation du rhum. Amédée, lui, est contremaître.

Amédée est toujours fier de faire visiter la distillerie, fier de la qualité du rhum agricole produit par la famille. Son père a été l'un des premiers, il y a bien longtemps, à remplacer l'alambic traditionnel par une colonne créole en cuivre. Il était persuadé que cette nouvelle technique allait améliorer la qualité de son rhum issu du pur jus de canne. Lui ne produisait pas de tafia, ce vulgaire breuvage né de la fermentation de la mélasse. Il espérait que des arômes plus riches et une teneur en alcool plus élevée lui permettraient d'augmenter ses ventes. Cela avait été pour lui une étape importante. Il voulait hisser son rhum au niveau de ceux des industriels et se faire une place sur un marché en pleine expansion. Et il y était parvenu.

Mais c'était avant que le cyclone ne détruise leur moulin à vent, dit Amédée en les conduisant vers la distillerie. Avec ses cheveux noirs et frisés et sa silhouette trapue – c'est à peine si l'on voit son cou –, Amédée ressemble peu à son père.

Devant eux s'étalent d'immenses cuves en bois réparties sur deux rangées. Pour y accéder, il faut franchir un petit pont qui paraît très instable à Paula. Il permet aux ouvriers de ne pas patauger dans le marigot pour rejoindre les cuves. Dans celles de la rangée de gauche, on a déversé le vesoul, le jus de la canne à sucre préalablement broyée et pressée auquel on a ajouté uniquement de l'eau. On laisse ensuite cette mixture fermenter environ trente-six heures, temps durant lequel elle se mue en un liquide verdâtre, sirupeux et vaguement mousseux, le moût. Dans les cuves de l'autre rangée, on a ajouté au moût des levures, aussi le sucre est-il ici en train de se transformer en alcool. Paula respire l'odeur doucereuse qui émane de ces cuves-là. En revanche le liquide verdâtre du vesoul la rebute.

Mimoune est restée à l'écart en compagnie de son père. Elle ôte puis remet compulsivement sur sa tête son chapeau de paille, fait de grands gestes lorsque son père lui laisse la parole, cache de temps à autre son visage dans ses mains. Son père se tient plus droit et immobile que jamais, les pieds fermement ancrés dans le sol, le regard fixe. De toute évidence il ne cède pas, quel que soit le sujet de leur conversation. Brusquement, il tourne le dos à sa fille et s'éloigne à grandes enjambées. Mimoune, les épaules tombantes, semble s'affaisser sur elle-même l'espace d'un instant. Puis elle se reprend et rejoint le petit groupe.

Un sentier en forte pente traverse le jardin, un immense jardin exotique qui n'est en rien comparable à celui de la Maison de la mer. De part et d'autre du sentier, c'est une profusion d'arbres et de plantes colorées, serrées les unes contre les autres. Ici, des jacinthes d'eau couleur lavande, des hibiscus, des anthuriums mauves ; là, un massif de cactus aux formes étranges et des aloe vera aux feuilles pointues. On passe devant des frangipaniers à fleurs blanches, devant des manguiers dont les fruits ne demandent qu'à être cueillis, devant un flamboyant dont le rouge jaillit sur le ciel bleu parsemé de petits nuages blancs vaporeux comme des fleurs de coton.

Soudain, le terrain redevient plat et on aperçoit au loin un bout de mer coincé entre deux mornes. Encore quelques mètres et la mer se déploie sous leurs yeux. S'asseoir face au paysage, à l'endroit où l'herbe est le plus fournie, est ce qu'il y a de mieux à faire.

Le pique-nique préparé par Démosthène n'a de pique-nique que le nom. Mimoune sort le contenu du panier en osier à double couvercle, recouvert intérieurement d'un tissu à carreaux rouge et blanc, qu'elle a apporté : une nappe blanche qu'elle étale sur la pelouse, puis des assiettes, des couverts et deux récipients en verre fermés par un couvercle. Riz et dombré-crevettes. Les petites boules de pâte voisinent avec les crevettes dans une sauce relevée de piments végétariens. Ils ont le goût et l'odeur du piment sans provoquer la sensation de brûlure dans la bouche.

Il reste un récipient au fond du panier. Paula sourit à la vue du gâteau au coco, son dessert favori. Elle pense que c'est le meilleur déjeuner depuis son arrivée sur l'île, le seul qu'elle ait jamais pris en plein air.

Elle aurait gardé de cette journée un souvenir heureux si, avec le recul, elle n'avait compris que celle-ci annonçait les années qui allaient suivre.

## 10

Un matin, à leur réveil, Rosette est là, assise au bord du lit. Saisie d'un sombre pressentiment, Paula se retient de poser la question qui lui brûle les lèvres. Alors Judde demande, de sa petite voix pleine de naïveté, où est Mimoune.

Voilà. Le malheur est arrivé. C'est encore pire que tout ce qu'elle redoutait.

Mimoune est partie. À l'heure où ils apprennent la nouvelle, elle est déjà arrivée à Pointe-à-Pitre où l'attend le bateau pour la France. Louise, qui a rejoint sa sœur dans la chambre où ils sont tous les trois en pleurs, affirme que Mimoune a répondu à l'appel d'un cousin qui a besoin d'aide. Pourquoi ? Pourquoi un vague cousin – et d'abord, qui est-ce ? – a-t-il davantage besoin de Mimoune qu'eux ? Quand reviendra-t-elle ?

Le visage de leurs tantes est aussi indéchiffrable que celui des domestiques que Paula tente, plus tard, d'interroger. Pendant des jours, elle cherche dans les murmures, dans les voix étouffées, dans les conversations qui s'interrompent brusquement à son approche, une explication susceptible d'éteindre sa douleur. En vain.

À partir de ce jour, leur quotidien change.

Il y a un bénéfice – un seul –, même si sa relation avec le départ de Mimoune est encore obscure pour Paula. Désormais, ils ont droit tous les soirs à un vrai repas, au lieu du chocolat chaud qui échouait à calmer leur appétit. Rassasiés d'ignames, de fruits à pain ou de gratin de christophines, ils parviennent à dormir malgré l'absence de Mimoune dans leur chambre.

Leur petit déjeuner, lui, est allégé. Mais Paula a la nostalgie des tartines de pâte de goyave que leur préparait Mimoune et de l'acidité du jus de maracuja auquel Louise a substitué la douceur perfide d'un jus de mangue légèrement épaissi à la banane.

Violaine dort maintenant chaque nuit dans le grand lit à baldaquin où subsiste l'empreinte de Mimoune. Paula la laisse faire. Pourquoi se battre ?

Depuis peu, Louise et Rosette soutiennent Violaine dans toutes ses initiatives, comme si elles avaient décidé d'agrandir le vide qui s'est creusé dans le cœur de Paula. Elles prennent systématiquement son parti lorsqu'un désaccord surgit entre les deux sœurs. Violaine, petite fille rondelette et échevelée – ses cheveux frisés semblent indomptables –, est gaie et spontanée. Elle ne s'embarrasse pas des contraintes que leur mère a tenté de leur inculquer au nom de la bonne éducation. Dire « bonjour », « au revoir » et « merci » ? Elle oublie une fois sur deux. Cueillir des fleurs pour faire de jolis bouquets ? Cela ne l'intéresse pas. Pourtant elle n'a rien d'un garçon manqué, bien au contraire. Elle adore les robes à volants que Louise et Rosette confectionnent pour elle. Elle virevolte en admirant son reflet dans le miroir.

Louise et Rosette font aussi des robes pour Paula. Mais elle leur trouve toujours un défaut : un volant en moins, un ruban d'une couleur plus terne que ceux des robes de Violaine, une longueur différente et moins seyante. Paula n'ose pas protester. Bien que son obéissance ne soit jamais récompensée, elle persiste comme si c'était la seule voie qui s'offrait à elle.

Violaine a toujours su minauder, sourire en coin et yeux rieurs, lorsqu'elle voulait quelque chose. Personne n'était dupe, mais tout le monde l'adorait. Sauf, peut-être, leur mère qui lui répétait régulièrement, du temps où ils vivaient tous ensemble à Rivière-Salée, qu'elle était laide.

Leur père, en revanche, a toujours été sous le charme de la dernière de ses filles. En cachette de sa femme, il lui assurait qu'elle était une petite fille très jolie, que plus tard elle épouserait un homme beau et riche et que oui, Papa serait toujours là pour l'aimer, quoi qu'il advienne. Paula ne bronchait pas en entendant cela, malgré son envie de sauter sur les genoux de son père. Sa mère lui avait fait comprendre quand elle avait cinq ans qu'elle était trop grande pour se comporter ainsi, comme un bébé.

Paula se sent de plus en plus exclue du duo que forment Judde et Violaine. Parfois, celle-ci propose à son frère de dormir avec elle dans le grand lit à baldaquin. Ils se chatouillent, pouffent de rire, puis s'endorment tous les deux en même temps, serrés l'un contre l'autre. Paula reste longtemps éveillée dans le noir, à écouter le bruit de leurs respirations parfaitement synchrones. D'autres fois, ils s'amusent à pêcher des poissons avec une ficelle et une épingle à nourrice depuis le balcon de leur chambre. Évidemment, aucun poisson ne mord. Paula essaye de les convaincre de l'inutilité de leurs tentatives mais ils ne l'écoutent pas.

Alors elle se love dans le hamac tendu entre le montant en bois et le mur. Elle scrute le ponton qui s'avance loin dans la mer, à quelques dizaines de mètres de la maison, au cas où quelque chose d'intéressant s'y passerait. Un bateau de pêche qui accoste, des habitants du bourg qui se regroupent ou, mieux encore, les religieuses du couvent situé non loin de la maison qui se baignent. Le spectacle, alors, est fascinant. Elles se baignent tout habillées, aussi leurs voiles noirs et leurs robes blanches – l'habit des dominicaines – flottent-ils en corolle autour d'elles, grappe de méduses venues des profondeurs de la mer. Ne pouvant nager, elles jouent à s'éclabousser et poussent des cris de gamines, heureuses de ces instants de liberté.

## 11

Toute leur vie se déroule désormais sur le balcon. Violaine et elle ne vont plus à l'école, Judde ne va plus chez la nourrice. Ils ont maintenant une préceptrice. La femme du pharmacien de Grand-Bourg, une dame au visage sévère, vient tous les jours leur faire la classe. De toute façon, ni elle ni Violaine n'ont jamais eu d'amies dans cette classe unique où les élèves sont d'âges et de niveaux différents. Paula a eu beau recevoir régulièrement la bannière de la meilleure élève, personne ne l'a admirée, personne n'a recherché sa présence. Même chose pour Violaine malgré ses tentatives pour faire rire les autres. Toutes deux ne se sont attiré que des remontrances de la part de la maîtresse. Elles n'ont jamais été invitées à des goûters d'anniversaire et, inversement, aucun enfant n'a jamais été invité dans la Maison de la mer.

Rosette leur enseigne le catéchisme ; au fil des ans, sa dévotion à la Vierge s'accroît et ses prières se multiplient. Il y a la prière du matin pour remercier Dieu de la journée à venir et la prière du soir pour remercier Dieu de la journée écoulée. Il y a la prière pour les morts dont les noms sont affichés sur la porte de l'église où elle se rend chaque matin. Il y a les prières pour les malades, qu'ils soient de la famille, de la domesticité ou du voisinage, et celles pour influencer la nature : que s'atténue la chaleur de l'après-midi, que cesse la fureur de l'ouragan, que vienne la pluie ou la brise rafraîchissante. Bien entendu, elle récite le bénédicité avant chaque repas, les yeux clos, les mains jointes mais jamais les coudes sur la table, signe d'une mauvaise éducation. Son chapelet en bois, dont elle ne se sépare jamais, fait une bosse dans la poche de sa robe légère. Sa mantille blanche se trouve en permanence sur la console de l'entrée, bien pliée, prête à servir. Elle inonde la maison d'images pieuses, dont certaines sont entourées de dentelle : la Vierge apparaissant à Bernadette, l'Annonce faite à Marie, la Sainte Famille, l'Enfant Jésus dans les bras de Joseph, sainte Thérèse de l'Enfant-Jésus, saint François entouré d'oiseaux, etc. Il y en a partout, sur la console de l'entrée, sur les murs de sa chambre, dans les compotiers.

Paula est fascinée par tant de conviction. Elle envie sa tante de puiser dans la foi une telle assurance, une certitude de tous les instants. Quelque chose lui échappe, à elle qui cherche vainement dans le catéchisme des règles de vie, quelque chose de l'ordre d'une rampe à laquelle se tenir pour rester en équilibre. Alors elle subit sans les comprendre les diktats de Rosette, qui se sert de la religion comme d'une cravache destinée aux humains récalcitrants.

Chaque fois qu'un domestique ou un des enfants tarde à lui obéir, elle répète comme un mantra que s'ils ne font pas ceci ou cela, Dieu les punira. Comme si sa loi à elle était d'essence divine. Les domestiques rient en mettant la main devant la bouche, par timidité ou peur de représailles. Mais les enfants ne rient pas. Paula est d'autant plus effrayée que la punition n'est jamais définie. Elle ne peut que l'imaginer, aussi a-t-elle de Dieu l'image d'un justicier implacable au doigt vengeur, et d'elle-même l'image d'une pécheresse dont le pardon n'est jamais garanti. Coupable, elle l'est forcément. Mais de quoi ?

Elle s'avise un jour que Rosette ne doit pas prier suffisamment pour elle puisqu'elle est tout le temps malade. Parmi ses pires souvenirs figurent les tentatives de Louise pour examiner sa gorge. Chaque fois, elle refuse d'ouvrir la bouche et se débat furieusement. Louise, avec l'aide d'Assély, l'attache alors sur une chaise. Un jour, elle a l'idée cruelle de faire venir Démosthène. Elle lui ordonne de brandir son couteau de cuisine en direction de la fillette attachée sur sa chaise. Bien entendu, Paula hurle de terreur. Louise en profite pour glisser une cuillère dans sa bouche grande ouverte et examiner sa gorge.

Malgré le climat tropical, Paula ne cesse d'attraper angines, otites et bronchites. Une fois, elle a même eu un phlegmon. Plus de quarante de fièvre durant quinze jours, une douleur atroce coincée au fond de la gorge qui l'empêchait de manger, de boire, de parler. Les mots se sont recroquevillés dans sa bouche sous la forme de deux boules de pus accrochées à ses amygdales. Il faudrait l'opérer mais on ne le fait pas. Le phlegmon a fini par se détacher, emportant avec lui des fragments de ses amygdales, désormais qualifiées médicalement de « cryptées ». Des cryptes qui contiennent tout ce qu'elle ne peut pas exprimer et qu'elle stocke là, comme un écureuil la nourriture nécessaire à sa survie.

Elle maigrit à chaque rechute mais personne ne s'en soucie. Louise, forte d'un savoir dont l'origine est inconnue, lui fait boire des litres de tisanes au goût amer. Elle n'a jamais jugé nécessaire de faire venir le médecin. Lorsque Paula attrape la scarlatine, c'est pire encore. On la met à l'écart du reste de la maisonnée durant quarante jours. Quarante jours à dormir seule, dans une chambre minuscule située sous un toit où galopent des souris. Quarante jours à manger seule, après avoir récupéré le plateau du repas que l'on dépose là, devant sa porte. Quarante jours d'un silence aussi épais que celui de ses parents, dont les visages ont maintenant totalement disparu de sa mémoire.

# 12

Ils achèvent de dîner dans la salle à manger, où leur parvient le bruit des vagues qui meurent sur la plage. Rosette ne cesse de consulter l'heure à la pendulette en marbre posée sur la console en demi-lune. Ce soir-là, Louise et elle sont particulièrement bien habillées, à la grande surprise des enfants. La robe sans manches en mousseline blanche de Rosette lui arrive aux pieds. Le fond de robe d'un blanc uni est surmonté d'un voile fin et transparent brodé de fleurs. Pour la première fois, Rosette apparaît à Paula sous les traits d'une jeune fille délicate dont la taille fine, les hanches menues et les longs bras exhalent une douceur exquise, loin de la méchanceté qu'elle déploie habituellement.

Comme toutes les femmes de leur milieu, les deux sœurs suivent la mode parisienne et commandent leurs vêtements dans le catalogue de la Samaritaine. La robe de Louise est en lin vert olive, une couleur qui sied à sa peau et à son tempérament énergique. Ses boucles d'oreilles en or et son collier grain d'or semblable à un collier de perles illuminent son teint. Elle a lissé ses cheveux noirs et les a attachés en chignon sur la nuque, dégageant ainsi son grand front bombé.

Louise leur annonce à tous les trois qu'elle et Rosette doivent sortir. Non, ils ne vont pas rester seuls et Assély ne va pas non plus les garder. Mimoune n'étant plus là, c'est leur grand-mère qui va s'en charger.

— Nous allons vous déposer chez elle, ajoute-t-elle comme si c'était l'acte le plus naturel au monde.

Leur *grand-mère*? Quelle *grand-mère*? Ils vivent à Grand-Bourg depuis plusieurs années et aucune femme de la famille ne correspond à cette dénomination. Même parmi les domestiques, on n'a jamais fait allusion à une personne susceptible de jouer le rôle de la grand-mère. Césarine, leur mère, n'a jamais parlé de sa propre mère, ne serait-ce que par inadvertance. Paula a toujours cru que celle-ci était morte. Elle imaginait que le chagrin l'avait tuée au décès de Simon, l'aîné de ses fils.

Ils n'osent pas poser de questions. Rosette a déjà quitté la salle à manger et le regard de Louise ne les incite pas à s'aventurer au-delà des quelques mots qui viennent d'être prononcés.

Le trajet dans la carriole conduite par Onésime paraît long à Paula. Encore un imprévu. Tant d'incertitudes l'épuisent. Plus le temps passe – à vrai dire, il ne passe pas, il s'étire comme un long ruban de caoutchouc collé à la semelle de ses chaussures –, plus la possibilité que leur mère vienne un jour les chercher s'éloigne.

À l'approche du bourg, ils bifurquent sur un chemin de terre qui s'enfonce dans la forêt. La pleine lune, énorme tant elle est proche de la Terre, éclaire les fougères géantes qui agitent leur feuillage au-dessus de leurs têtes. Puis les arbres se raréfient et le sentier s'arrête.

Devant eux, au fond d'un petit espace dégagé et bordé de cactus en pots et d'arbustes ornementaux, une minuscule maison apparaît. Paula sait ce que c'est : une ancienne case d'esclaves. Pourtant, celle-ci est très différente des baraques ternes et miséreuses qu'elle a déjà vues, avec leurs murs faits de branches de bois ti-baume tressées et leur toit en feuilles de palmiers séchées.

C'est une très jolie maisonnette solidement ancrée sur un socle en briques. Les murs, faits de larges lattes de bois ocre-jaune disposées horizontalement, semblent capables de résister à tous les aléas, climatiques autant qu'existentiels. Le bleu de la porte et de l'encadrement des volets est d'une douceur nostalgique, comme si on les avait peints, jadis, avec amour. Une véranda ouverte protégée par la pente du toit accueille un fauteuil à bascule dont le dos et l'assise sont cannelés.

Paula, désormais plus intriguée qu'apeurée, avance en tenant Judde par la main. Derrière eux, Rosette tient celle de Violaine. Louise atteint la première la porte grande ouverte d'où sort la lumière chaude des lampes à pétrole.

— Maman ? Nous sommes là ! crie-t-elle.

Augusta apparaît alors. Son pas traînant, sa robe de coton bariolée, ses formes généreuses, ses cheveux blancs – tout en elle évoque effectivement la grand-mère. À l'exception d'une chose. Un détail que l'on avait oublié de mentionner. Une incongruité dans une famille de békés. Comment cette femme *noire* peut-elle être la femme de son grand-père, propriétaire d'une plantation dont tous les serviteurs sont noirs ? Comment peut-elle être la mère *de sa propre mère* ?

Le monde de Paula, déjà privé de fondations, suspendu au-dessus du vide comme le balcon de sa chambre au-dessus de la mer, s'effondre.

Plus tard, lui reviennent des bribes de conversation des domestiques qui, lorsqu'ils sont dans le jardin ou dans la cour d'entrée, commentent à voix basse les faits et gestes de la famille. La « vieille » dont ils parlent, se demandant s'*il* va enfin l'épouser après lui avoir fait sept enfants, peut-elle être Augusta ? Et cette interdiction révoltante à laquelle ils font parfois allusion – se désolant autant pour Mimoune que pour ses frères et sœurs et admirant le courage de Césarine –, quelle est-elle ?

Les réponses qu'Amédée, le lendemain, s'efforce d'apporter aux questions des enfants ne dissipent en rien le mystère. Ce qu'elle a vu ne correspond pas à ce qu'on lui a dit. Qui croire ? Ses propres yeux ou la parole des adultes ?

À dix ans, c'est à peine si la question se pose.

Oui, dit Amédée en se balançant dans le hamac suspendu au balcon de leur chambre, Augusta est née comme cela. Non, elle n'est pas noire, en tout cas pas de la même façon qu'Aniéty ou que Madame Choucoutou. Augusta ne vient pas d'Afrique, mais d'Inde ; c'est pour cela que sa peau est moins sombre que la leur et que ses cheveux sont presque lisses.

Paula ne sut que plus tard ce qu'était une *chapé-coolie* : une coolie échappée de l'enfer de sa condition, celle des Indiens venus remplacer les esclaves sur les plantations de canne à sucre et dans le personnel de maison après l'abolition de 1848. Le métissage, dit encore Amédée, a été pour eux une façon habile d'échapper à leur sort. Encore maintenant, ils veulent tous blanchir leur race. Pour eux, c'est une façon de s'élever dans la hiérarchie. Une ascension sociale rapide qui les dispense de travailler.

Un abîme de perplexité s'ouvre devant Paula. Il est donc possible d'avoir la peau noire à la naissance sans être noir ? Alors, il est aussi possible d'avoir la peau blanche sans être blanc ?

Amédée lance à sa nièce un regard courroucé. Que va-t-elle donc chercher là ? Judde se met soudain à examiner ses mains. Sans doute cherche-t-il la solution de l'énigme sur sa propre peau.

Paula ne peut s'empêcher d'en faire autant devant le miroir de la salle de bains, une fois Amédée parti. Le grand miroir ovale dans son cadre en bois est accroché au mur, à côté de la table de toilette sur laquelle repose une cuvette en porcelaine blanche. Elle voit une fillette aux yeux bleus, aux fins cheveux blonds et à la peau blanche. Quoi d'autre ? Ne sachant ni où ni quoi chercher exactement, elle n'est qu'à demi rassurée par son reflet.

Soudain, l'image de sa mère et de sa tante Mimoune, les deux personnes qu'elle aime le plus au monde, se superpose à la sienne. *Elle,* Paula, est différente d'*elles* : elle a la peau blanche, comme son père et son grand-père. Mais sa mère et sa tante ressemblent à Augusta. Le visage qu'elle avait oublié surgit avec une netteté presque effrayante. Elle revoit les yeux en amande de sa mère, son visage fin, ses beaux cheveux noirs ondulés. Et sa peau mate.

Quelque chose ne va pas. Augusta a beau être, lui a-t-on dit, une des plus belles femmes du bourg, être la concubine de l'un des distillateurs les plus riches de Marie-Galante et la mère de leurs sept enfants, elle ne vit ni avec Grand-Père sur l'Habitation Saint-Sulpice ni avec le reste de la famille dans la Maison de la mer.

Elle vit seule, dans sa case transformée en une maisonnette aux couleurs pimpantes et entourée d'une véranda.

Une jolie case, certes ; mais une case tout de même.

*Ma première rencontre avec Paula se fit par l'intermédiaire de son fils, mon professeur de dessin. Au fil du temps, lui et moi avions sympathisé. Pour lui, c'était une évidence : l'histoire de ma famille martiniquaise possédait tellement de points communs avec l'histoire de sa propre famille que j'allais forcément m'y intéresser.*

*Il ne se trompait pas.*

*Au premier abord, Paula m'impressionna. Jean-Bernard nous avait invitées à déjeuner chez lui pour que nous fassions connaissance. Il avait cuisiné un poulet basquaise et j'avais apporté un gâteau pour le dessert. Paula attendit que Jean-Bernard finisse de servir l'apéritif – un planteur pour lui et moi, un jus d'orange pour elle –, puis elle me lança brutalement :*

*— Vous savez, je suis une béké.*

*Je ne répondis pas, faute de trouver quoi dire après une telle entrée en matière. Était-ce une forme de provocation ou, à l'inverse, une façon de s'excuser? Elle savait que j'étais métisse. Avait-elle des doutes sur l'intérêt que je pouvais porter à son histoire, celle d'une femme issue d'une lignée de colons esclavagistes, propriétaires d'une plantation puis distillateurs de rhum ?*

*Bien au contraire, je voyais là l'occasion de scruter l'envers du décor, de passer comme Alice de l'autre côté du miroir. C'est tout juste si j'entrevoyais quelques difficultés au défi que je m'étais lancé : écrire la vie d'une béké, moi, la descendante d'esclaves. Je considérais que les critiques susceptibles de m'être adressées, notamment une quelconque trahison envers la mémoire d'une partie de mes ancêtres, étaient le prix à payer pour comprendre – et non pas justifier – ce qui se passait dans les esprits à cette époque-là, celle de la colonisation.*

*Et puis, je savais que nous avions au moins une chose en commun : une ancêtre indienne. Cet héritage m'apparaissait alors comme un trait d'union entre les deux communautés – l'une blanche, l'autre noire – antagonistes depuis plusieurs siècles malgré le métissage d'une grande partie de la population. Comme si notre indianité pouvait combler, pour chacune d'entre nous, le fossé créé par nos ancêtres.*

*Après cette entrée en matière plutôt directe, Paula commença à me raconter sa vie. Malgré son grand âge, elle parlait sans hésitation, sans chercher ses mots, sans buter sur les noms de famille. Mais la mémoire n'est jamais qu'une reconstitution des faits. Elle déroulait certains de ses souvenirs presque mécaniquement, les ayant de toute évidence déjà racontés à de multiples reprises. D'autres, en revanche, étaient plus flous, entourés d'une zone grise, comme si mes questions les tiraient d'un sommeil de plusieurs décennies. À d'autres moments, il me fallait deviner ce qu'elle ne disait qu'à demi-mot. Il me fallait aussi, de temps à autre, lui faire préciser autant que possible la chronologie des événements, m'assurer qu'elle ne confondait ni les dates ni les lieux.*

*Notre premier entretien fut suivi d'une dizaine d'autres qui se déroulèrent chez elle. Devant moi, Paula tournait les pages les plus marquantes de l'album photo de sa vie.*

*Tout se passait merveilleusement bien. Paula m'avait prise en affection. Elle avait pour moi de nombreuses attentions – un jour elle m'offrait une rose, un autre une grande assiette de gâteaux. Parfois je repartais de chez elle avec du chocolat pour mes enfants, qu'elle ne connaissait pas. Elle était presque plus maternelle que ma propre mère.*

*Paula faisait tout pour ne pas paraître vulnérable. Elle marchait lentement mais sûrement avec sa canne blanche. Elle faisait la plupart de ses courses elle-même et une demi-heure de gymnastique tous les matins. Elle refusait l'aide d'une femme de ménage, d'une infirmière ou d'une quelconque auxiliaire de vie. Seuls ses fils étaient autorisés à lui porter assistance. J'étais impressionnée par sa volonté de tenir debout coûte que coûte, de ne pas se laisser aller, de ne pas se plaindre. Une volonté qui s'était forgée à travers les heures sombres de sa vie.*

*Parler, témoigner de ce qu'elle avait vécu durant la première moitié de sa vie répondait maintenant à une autre nécessité : mettre à distance le passé pour se sentir en paix avant d'aborder l'ultime étape de son existence. Ses souffrances semblaient s'apaiser à mesure qu'elle leur faisait face.*

*— Quel sens ai-je donné à ma vie ? me dit-elle un jour.*

*La question ne s'adressait évidemment pas à moi. Je me contentai de fixer la lueur d'inquiétude qui dansait dans ses yeux. Le silence s'installa tandis qu'elle cherchait en elle de quoi l'éteindre.*

*— L'honneur et la dignité, voilà ce que j'ai transmis à mes enfants. J'ai mené une vie d'acceptation et de renoncements. C'est cela, ainsi que la foi, qui m'a sauvée.*

*Elle n'avait pas l'air très convaincue.*

# 13

Comme toujours lorsque Gaëtan descend de l'Habitation Saint-Sulpice pour se rendre à Grand-Bourg, il redoute tout en l'espérant de croiser Rose et Léonard.

Ce ne serait pas la première fois qu'il observerait du coin de l'œil, tout en descendant le bord de son casque le plus bas possible sur son front – comme si ce geste avait le pouvoir de le soustraire à leurs regards ! –, les deux silhouettes qui traversent la place en se tenant par le bras.

Ils sont l'image vivante du couple uni qu'ils forment depuis une trentaine d'années. Vue de dos, Rose semble aussi mince qu'autrefois dans sa robe de taffetas bleu ciel. Elle est grande de taille, aussi avance-t-elle à grands pas ; mais ils sont si lents que son pied avant semble suspendu en l'air quelques dixièmes de seconde avant qu'elle ne le pose. Il sait que son chapeau à larges bords cache de magnifiques cheveux dorés. À moins qu'ils ne soient devenus blancs au fil du temps.

Mais Gaëtan évite de regarder Léonard, son mari.

Celle que Gaëtan aurait dû épouser n'était qu'une toute jeune fille lorsque leurs familles respectives les avaient présentés l'un à l'autre. Lui-même avait à peine dix-huit ans. Mais le destin, sous les traits d'une petite lingère prénommée Augusta dont la mère, comme tant d'autres coolies, avait fait le voyage depuis l'Inde pour remplacer les esclaves libérés, en avait décidé autrement.

Au moins n'avait-il pas commis l'irréparable. Il n'avait pas épousé Augusta, échappant ainsi à une mésalliance qui lui aurait valu d'être exclu de la communauté des Blancs créoles. La morale était sauve.

Plus tard, Gaëtan avait prétendu que l'union d'une demoiselle del Castillo avec un fils Saint-Sulpice aurait causé la ruine de sa propre famille. Depuis des décennies, en effet, les descendants du vicomte Alexandre Drake del Castillo rachètent leurs terres aux propriétaires qui surmontent moins bien qu'eux les crises économiques, agricoles ou politiques. Avec la sucrerie Saint-Sulpice associée à l'usine de Grande-Anse et aux sucreries qu'ils possèdent déjà, ils auraient encore étendu leur monopole, concentrant entre leurs mains presque toute la production de sucre et de rhum de cette île aussi ronde et plate qu'une galette.

Mais eux, les Saint-Sulpice, qu'auraient-ils gagné à cet arrangement qui ressemblait davantage à une transaction commerciale qu'à l'union de deux jeunes gens ? Depuis trois décennies, les membres des deux familles ne s'adressent plus la parole. Depuis trois décennies, Gaëtan affirme haut et fort que, grâce à lui, sa famille l'a échappé belle.

Il met donc un point d'honneur à diriger ses affaires avec une fermeté que les Drake del Castillo pourraient lui envier.

Ses entrepôts se trouvent sur la place principale. De larges vitrines permettent de voir les tonneaux de rhum qui arrivent de sa distillerie, empilés les uns sur les autres en attendant leur transport vers la Guadeloupe, la Martinique ou la France. La nuit, la marchandise est cachée aux regards par des volets en bois.

C'est là, dans le petit bureau situé à l'arrière des entrepôts, que Gaëtan vérifie minutieusement l'état des stocks dont dépendent ses bénéfices. Car depuis que des quotas d'exportation vers la France ont été décrétés, trois ans plus tôt, le prix du rhum a explosé, à sa grande surprise. La majorité des distillateurs s'étaient opposés à cette mesure destinée à briser le monopole de quelques-uns – ce que Gaëtan n'aurait pas vu d'un mauvais œil – et à encourager la concurrence. Finalement, il est devenu rentable pour tous de ne pas respecter les quotas en payant une taxe supplémentaire.

À condition toutefois de bien calculer ses coûts et de tenir compte des « transferts » de contingentement, une stratégie permettant de contourner la loi dont il fait parfois bénéficier ses amis ou dont il bénéficie lui-même. Je te donne douze barils ce mois-ci, tu m'en donneras autant le mois prochain. Ces transactions sont effectuées au nez et à la barbe de l'administration, aussi faut-il dissocier la comptabilité officielle de celle qui ne l'est pas. Un exercice périlleux mais hautement profitable pour peu que l'on veuille bien y consacrer quelques heures de travail à intervalles réguliers, ce à quoi Gaëtan ne rechigne jamais.

# 14

Lorsqu'il est de bonne humeur, Gaëtan se rend au premier étage de sa maison du bourg pour voir ses filles. Il aime serrer Rosette, sa petite dernière, dans ses bras.

En quelle année sommes-nous ? Ah, oui : 1926. Trois ans avant l'arrivée de Paula. La famille ne vit pas encore dans la Maison de la mer et Rosette est une toute jeune fille.

La maison est située au-dessus des entrepôts. Les pièces des deux premiers étages avec leurs portes-fenêtres sont celles où vivent ses enfants. Une chambre pour chacun, un salon et une salle de bains à chaque étage, une cuisine au premier.

Le dernier étage est constitué d'une série de lucarnes qui émergent du toit. C'est là que logent les domestiques. Seule Madame Gilberte, la gouvernante qui s'occupe des enfants depuis toujours, a sa chambre à l'étage des garçons. Elle est aussi l'intendante de cette grande maison.

Gaëtan n'y est pas allé depuis longtemps. Il est fâché contre Louise, à qui il n'adresse plus la parole.

Louise, qui vient d'avoir vingt ans, a tenté de s'enfuir avec un jeune homme qu'elle voulait épouser.

Elle était sur le point d'embarquer sur le vapeur, valise à la main, lorsque Joseph, son homme à tout faire – un grand gaillard noir tout droit sorti de la prison de Petit-Canal pour un délit que Gaëtan n'a pas cherché à connaître –, l'a interceptée et ramenée de force à la maison. Pour la punir, Gaëtan a envisagé de l'exiler quelque temps sur Petite-Terre, une île inhabitée de l'archipel. Il l'y aurait déposée avec de l'eau et des vivres pour quelques semaines, le temps pour elle de réfléchir et de renoncer à l'envie de recommencer. Mais il n'a trouvé aucun pêcheur qui accepte de les conduire dans son bateau à Petite-Terre puis d'y abandonner Louise. Alors il l'a enfermée dans sa chambre.

Ses enfants savent ce qu'il en coûte de transgresser la règle « pas de mariage ni d'enfants ». La règle est la même pour tous, filles ou garçons. Mimoune, au moins, a eu la sagesse de ne pas insister lorsqu'il a déchiré devant elle la demande en mariage, rédigée en bonne et due forme, de son prétendant.

Mais Césarine ! Césarine a osé. Que son mari soit un Français aussi blanc que lui ne change rien à l'affaire. Nul ne peut prévoir la couleur de peau d'un enfant à naître. Et sa fille, paraît-il, attend son cinquième enfant.

Il y va de la survie de la famille, estime Gaëtan. Le sang des Saint-Sulpice ne doit pas être souillé davantage qu'il ne l'a été, ni le patrimoine de la famille, augmenté du fruit de son travail, revenir à des sang-mêlé. Puisque ses propres enfants vont, hélas, hériter de sa fortune malgré la couleur de leur peau, il peut encore faire en sorte de ne pas avoir de petits-enfants. La ligne de démarcation entre Blancs et Noirs doit rester là où elle était du temps où Napoléon l'a inscrite dans le Code civil.

Il connaît le décret presque par cœur :

« Considérant que de tout temps on a connu dans les colonies la distinction des couleurs, qu'elle est indispensable dans les pays d'esclaves, et qu'il est nécessaire d'y maintenir la ligne de démarcation qui a toujours existé entre la classe blanche et celle de leurs affranchis ou de leurs descendants... [...], les lois du Code civil relatives au mariage, à l'adoption, à la reconnaissance des enfants naturels, aux droits des enfants dans la succession de leurs père et mère, aux libéralités faites par testament ou donations, aux tutelles officieuses ou datives, ne seront exécutées dans la colonie que des Blancs aux Blancs entre eux, ou des affranchis ou des descendants d'affranchis entre eux, sans que par aucune voie directe ou indirecte aucune desdites dispositions puisse avoir lieu d'une classe à l'autre. »

Pourquoi en serait-il autrement ? Gaëtan estime avoir de bonnes raisons d'en vouloir à la race de ceux qui ont laissé mourir Eugène, son grand-père.

Le décret d'abolition de l'esclavage était sur le point d'être signé. Eugène Saint-Sulpice fut informé par un de ses amis, député de la Guadeloupe, que l'Assemblée nationale s'apprêtait à voter en faveur de la cause que défendait un député martiniquais, Victor Schœlcher. La victoire de ce dernier était imminente.

La panique s'empara d'Eugène. De quoi vivraient-ils, lui, sa femme et leurs quatre enfants ? Ils allaient tout perdre. Sans ses esclaves, il ne tirerait aucun revenu de sa plantation ni de sa sucrerie.

Alors il les vendit, tous, avant que ne s'ébruite la nouvelle de leur affranchissement imminent. Il en tira un bon prix, sans savoir qu'il aurait de toute façon été indemnisé par le gouvernement pour la perte de sa main-d'œuvre.

Mais lorsqu'il voulut regagner son domicile avec, dit-on, un coffre rempli d'or dans son petit bateau, celui-ci s'enfonça lentement dans la mer. Eugène n'était qu'à quelques mètres du rivage où ses anciens esclaves l'avaient regardé embarquer. Il les appela au secours. Pas un seul ne bougea. Pas un seul ne fit le geste qui aurait pu le sauver. Édouard se noya avec son or sous les yeux des esclaves impassibles.

# 15

Gaëtan s'oblige à avoir une conversation sérieuse avec ses fils chaque fois que ceux-ci reviennent de pension.

Félicien et Amédée sont internes au lycée de Pointe-à-Pitre, sur la grande terre. Chaque année, les élèves sont autorisés à rentrer quelques jours chez eux non seulement pour des impératifs familiaux mais aussi à l'occasion d'événements importants dans la vie du pays. Les élections en font partie, au même titre que le Carnaval. Les deux jeunes gens sont donc arrivés la veille par le vapeur de Pointe-à-Pitre : l'élection cantonale partielle de Grand-Bourg doit se tenir dans quelques jours, le 28 octobre.

À dix-sept et dix-huit ans, Félicien et Amédée sont tous deux en classe de terminale. Ils n'ont pas l'intention de poursuivre des études au-delà du lycée, aussi vont-ils devoir effectuer leur service militaire l'année de leurs vingt ans. Que faire d'eux en attendant ?

Félicien est négligemment appuyé contre la commode en bois de mahogany dont le vernis brille au soleil. Il prend souvent un malin plaisir à rester debout afin que l'on voie à quel point il surpasse en taille son père et son frère. Sa peau n'est que légèrement teintée et ses cheveux châtains sont aussi lisses que ceux de son père, dont il a également hérité la mâchoire carrée.

Amédée, lui, est assis sur le lit recouvert d'un couvre-lit brodé blanc, juste en dessous du ventilateur à pales de bois qui ne l'empêche nullement de transpirer. Il est plus sombre de peau que son frère, comme s'il avait passé la majeure partie de son temps à la plage ou sur un gommier plutôt que dans la salle d'étude de l'internat.

En réponse aux questions de leur père sur leur avenir, Amédée évoque en marmonnant quelques vagues projets qui exaspèrent Gaëtan. Celui-ci est resté debout à l'entrée de la chambre d'Amédée, dont il obstrue l'entrée. Son fils évoque successivement, d'une voix hésitante, son envie de voyager, sa fascination pour les volcans – pas seulement, dit-il, pour ceux des Antilles, la montagne Pelée et la Soufrière – et son goût pour la pêche en mer.

Lorsque vient son tour, Félicien se lance dans un argumentaire sur la façon dont il faudrait s'y prendre pour développer l'entreprise familiale. Faire autre chose que du rhum car il y a trop de concurrence ; importer des produits dont ils auraient l'exclusivité ; n'importe lesquels, semences, fruits, légumes qui viendraient d'Afrique ou… d'Inde ? Tiens, pourquoi pas l'Inde ? Ce serait un juste retour des choses. Dans tous les cas, il faut sortir l'île de l'endettement que lui imposent les banques. Ces gens ne sont rien d'autre que des bandits de grand chemin. Il faut des méthodes nouvelles et un regard neuf sur l'économie de l'île.

Des méthodes nouvelles? Gaëtan a déjà entendu ce discours quelque part. Mais où un lycéen de dix-huit ans aurait-il glané de tels propos? Peu importe. Gaëtan le laisse parler, fasciné par le culot de son fils aîné : vouloir renverser l'économie de la Guadeloupe! Une ambition sans commune mesure avec la réalité; mais au moins Félicien envisage-t-il avec enthousiasme de prendre un jour les rênes de l'entreprise. Sa succession est assurée, pense Gaëtan qui décide subitement qu'il est temps pour ses fils d'assister aux joutes électorales que lui-même affectionne. Quoi de plus formateur? Mieux vaut cela que de les laisser traîner dans les rues au milieu d'une foule désordonnée et braillarde.

## 16

À Grand-Bourg, un des trois conseillers élus en mai de cette année-là vient de décéder. Aussi, dans l'attente du scrutin du 28 octobre, les esprits s'échauffent dans cette commune rurale où se trouvaient, au temps de la traite, les trois quarts des habitations sucrières.

Ici comme ailleurs, la proximité entre les citoyens et le conseiller général de chaque canton est connue de tous. Un élu peut, certes, être interpellé lors de réunions publiques. Mais on peut aussi le fréquenter, l'amadouer, le convaincre – voire l'influencer. Ou, pire encore, le soudoyer. Un homme, en tout cas, avec lequel on peut tisser des liens. Toute une gamme de relations se nouent donc entre les habitants et leurs élus locaux, des citoyens comme les autres à ceci près qu'ils possèdent un pouvoir de décision. Comme celui de permettre l'entretien du chemin communal qui mène à telle ou telle propriété, de faire voter une subvention pour l'officine du pharmacien ou le cabinet du vétérinaire, d'augmenter ou non les taxes sur le sucre, le rhum ou le tafia, ou encore d'ouvrir des crédits pour qu'un pont soit construit au-dessus de la rivière Saint-Louis.

L'élection cantonale partielle de Grand-Bourg est scrutée par toutes les communes de Guadeloupe. Elle a valeur de test après les graves incidents qui ont accompagné le scrutin du 16 mai.

À Pointe-à-Pitre en effet, seuls trois cents des cinq mille électeurs avaient reçu leur carte électorale soixante-douze heures avant le vote. Puis, le jour du vote, on ne laissa entrer dans le premier bureau que trois électeurs à la fois, après les avoir minutieusement fouillés, et l'heure de la fermeture fut avancée de dix-huit heures à quatorze heures pour une raison inconnue.

Dans le deuxième bureau, on découvrit que les listes d'émargement comportaient cinq cents électeurs de moins que le nombre de bulletins de vote. D'où sortaient ces cinq cents bulletins supplémentaires ?

À Capesterre, les procès-verbaux furent signés avant d'avoir été remplis. Et au Gosier, on fut plus expéditif encore. Au moment du dépouillement on constata que l'urne avait disparu. Et pour cause : elle avait été envoyée dans la commune de Basse-Terre.

Le scrutin du 16 mai était lui-même la conséquence de l'annulation des élections de l'automne précédent, là encore pour cause de fraude électorale. Les seize conseillers généraux – la moitié du conseil – nouvellement élus n'en finissaient pas de s'accuser mutuellement de tricherie, tandis que leurs collègues élus les années précédentes refusaient de siéger aux côtés d'élus malhonnêtes.

Tous feignaient d'ignorer que la fraude électorale était devenue une sorte de coutume locale, de quelque bord politique que l'on soit et quelle que soit l'importance du scrutin.

## 17

Ce matin-là, Gaëtan se réveille plus tôt que d'habitude. Il attrape dans sa grosse main l'unique moustique qui a réussi à se faufiler à travers la moustiquaire et qui lui vrille les tympans depuis quelques minutes. Il hésite entre le mettre dehors, l'écraser entre ses paumes ou le noyer dans le lavabo situé dans un coin de sa chambre. Il choisit cette dernière option puis, comme tous les matins, il s'asperge d'eau le visage, le cou et les aisselles. Cette toilette sommaire n'est que le prélude aux ablutions qu'il effectue dans sa salle de bains au cours de la journée, lorsque la sueur commence à dégouliner sous ses bras et le long de son dos, laissant sur sa chemise des auréoles disgracieuses. Aussi change-t-il de chemise deux à trois fois par jour, selon son niveau d'activité.

Il fait déjà grand jour, mais pas encore chaud. Le concert nocturne s'est tu. Le chant du pipiri a remplacé le coassement des crapauds, le sifflement des grenouilles, le stridulement des grillons et le cri surpuissant des mabouyas dont on n'imagine pas qu'il puisse être émis par ces minuscules lézards.

Il a du travail – le vesou va être déversé ce matin dans les cuves – mais il veut aller à Grand-Bourg pour soutenir son ami Maurice, candidat à l'un des trois sièges de conseiller cantonal. Il est déjà l'un de ses soutiens financiers, puisqu'il est l'un des principaux bailleurs de fonds du parti. Et être aux côtés de Maurice est une façon de montrer à la population que les rênes du pouvoir sont tenues de main de maître. La veille, il a donc confié à son contremaître la surveillance de l'opération qui consiste à ajouter la bonne quantité d'eau au jus de la canne finement broyée et pressée. De toute façon, il sera de retour avant la fin de la fermentation, dans trente-six heures.

La belle demeure de Maurice est située dans le quartier de Grande-Savane. Contrairement à la plupart des maisons coloniales, celle-ci est entièrement de plain-pied et la véranda qui longe toute la façade est délimitée par une balustrade métallique et non en bois. Une dizaine de pièces, chacune avec sa porte-fenêtre vitrée à mi-hauteur et sa petite fenêtre à croisillons, donnent sur la véranda. Tout, sauf le carrelage jaune et ocre de la véranda, est d'une blancheur apaisante, évocatrice des grands espaces et des immenses lacs de l'est des États-Unis. Maurice aime raconter que l'architecte américain qui l'a conçue pour lui a importé les ferronneries de Louisiane.

Gaëtan serre brièvement la main de l'homme de petite taille, au visage rond, qui vient d'apparaître, puis il lui emboîte le pas. Maurice s'appuie sur une canne en bois censée compenser sa forte claudication, conséquence de la poliomyélite qu'il a contractée enfant. Tout en bavardant, ils empruntent l'artère principale de Grand-Bourg, saluant au passage de nombreuses connaissances sans pour autant ralentir l'allure.

La foule se fait plus dense à mesure qu'ils approchent de la salle du banquet. De nombreux supporteurs sont arrivés le matin même de la grande île par le vapeur de la Compagnie générale transatlantique, le *Marie-Galante.* Tous ne participeront pas au déjeuner offert gratuitement par le candidat, le nombre de places étant limité. Il faudra jouer des coudes, écraser des pieds et accepter d'être insulté pour avoir une chance d'entrer. Que ne ferait-on pas pour manger dans de la belle vaisselle et boire le champagne dans des flûtes en cristal ! Mais tous espèrent apercevoir leur candidat et entendre le discours qu'il prononcera du balcon de l'hôtel où se tient le banquet.

Le soleil tape déjà fort. Lorsque Maurice, accompagné de Gaëtan et de plusieurs hommes autoproclamés gardes du corps, arrive en vue de l'hôtel, une clameur s'élève de la foule massée devant l'établissement. Elle se propage de proche en proche, comme une vague. « *Candidat vini-là !* » Des hommes soufflent à pleins poumons dans les conques de lambi à l'intérieur rose, tandis que la chair du crustacé auparavant dégusté est blanche. Une vieille femme dans sa robe en madras, une coiffe à plusieurs pointes sur la tête, trépigne d'impatience et tourne sur elle-même comme une toupie, laissant voir ses pieds nus et ses talons calleux.

Une marée de drapeaux flotte au-dessus de la foule. Il ne faudrait pas croire que tous sont des partisans de Maurice Raboni. Certains sont de farouches soutiens de son rival et ils entendent le faire savoir à grands cris – de la même façon que les partisans de Maurice ont hué son rival lors de son passage ici même, dix jours plus tôt. Des bannières en velours ornées d'inscriptions en lettres d'or côtoient des pancartes rudimentaires écrites d'une main mal assurée. « Vive Raboni », lit-on d'un côté. « Vive la Sociale », lit-on de l'autre.

Les uns sont élégamment vêtus – dimanche oblige –, les autres arborent ostensiblement leur salopette de travail. Ils sont tendus. Ils sont venus aussi pour acclamer le maire de Grand-Bourg au moment où celui-ci descendra de sa voiture. Ce jeune radical-socialiste, élu l'année précédente, est noir. En cet instant, il préférerait sans doute se trouver ailleurs, mais il n'a pas pu se dérober à l'invitation de Maurice. Il sait que sa présence à la table d'honneur – et plus encore celle de son écharpe tricolore, symbole d'autorité – est susceptible de calmer les adversaires du candidat si jamais ceux-ci dépassaient les limites. Encore faudrait-il que la vue des gendarmes ne les excite pas au lieu de les calmer.

# 18

Les gendarmes prennent position à chaque extrémité de la rue. Les sabots de leurs chevaux martèlent le sol, rehaussant d'un cran le niveau sonore, tandis que l'on force les bêtes à s'aligner dans une configuration destinée à maintenir l'ordre coûte que coûte. Certains, parmi les partisans du Cartel des gauches, se demandent si la présence des gendarmes tout au long de la période électorale n'est pas une stratégie destinée à tenir les électeurs à une distance respectable des salles de vote. Ainsi pourra-t-on procéder impunément au tripatouillage des urnes. D'autres, plus cyniques, accusent le gouvernement de vouloir créer délibérément des troubles préjudiciables à la paix sociale.

Le tumulte s'accroît au moment où les musiciens ponctuent à coups de cornet à pistons et de trombone à coulisse l'arrivée de Maurice devant la porte de l'hôtel.

Celui-ci salue la population, les deux bras en l'air et le visage tout aussi rayonnant et empourpré que celui de ses partisans. Puis il s'engouffre dans l'hôtel. Quelques minutes plus tard, il apparaît au balcon. La foule hurle de joie, applaudit frénétiquement puis entonne à pleins poumons tantôt *La Marseillaise*, tantôt *L'Internationale*. Les musiciens s'adaptent, jouant une mesure de l'une, une mesure de l'autre. Maurice essaye de parler mais le bruit couvre ses paroles. Alors il attend. Puis il profite d'une pause dans cette frénésie pour se lancer dans son discours habituel.

Un discours bien rodé qu'il a tenu de nombreuses fois, s'adressant, debout sur une caisse, un tonneau ou un tronc d'arbre, aux travailleurs des usines, à ceux de la canne, aux commerçants du bourg, aux anciens combattants – bref à tous ceux dont le vote ne lui est pas acquis d'avance.

Il sait que les autres – les planteurs qui versent à leurs employés saisonniers des salaires de misère, les distillateurs qui contournent habilement la réglementation sur les quotas d'alcool destiné à l'exportation, les fonctionnaires dont on vient de relever le traitement, les enseignants qui bénéficient maintenant du « supplément colonial » – voteront pour lui quoi qu'il arrive.

Aux indécis et à ceux qui ne sont là que par curiosité, il affirme qu'il saura convaincre le gouverneur, qui lui fait l'honneur de son amitié, de faire appliquer la loi et de donner aux travailleurs de la colonie les mêmes droits qu'à ceux de France. Rien qu'ils n'aient déjà entendu, dans sa bouche ou dans celle d'un autre.

Maurice leur apporte pour finir une nouvelle qui en réjouit plus d'un si l'on en juge par l'immense clameur et le tonnerre d'applaudissements qui s'élèvent à la fin de son discours.

Les Américains ont renoncé à leur ambition de faire main basse sur la Guadeloupe et la Martinique, comme ils l'ont fait avec Porto Rico et Haïti, en remboursement de la dette de guerre de la France de 6,8 milliards de dollars. Le sénateur de la Guadeloupe et négociateur du gouvernement l'en a informé personnellement quelques heures plus tôt. Naturellement, Maurice a vu dans cette nouvelle l'occasion de se faire valoir. Et surtout celle de faire oublier qu'il était favorable à cette transaction commerciale maquillée en stratégie politique. La vente des îles sucrières aurait permis à la France de reconstruire les villes et les régions dévastées par la Grande Guerre.

Il aura fallu huit années d'hésitations, de démentis, de négociations, de propositions et de contre-propositions, huit années de protestations, de pétitions, de défilés et de manifestations plus ou moins pacifiques pour que le projet soit abandonné. Vendre les colonies et leurs habitants ! Comme du bétail ? Pire : comme des esclaves. Les Antillais, ulcérés de servir de monnaie d'échange à la Mère Patrie pour laquelle un grand nombre d'entre eux ont donné leur vie, n'ont jamais baissé les bras. Soutenus par le Cartel des gauches et aidés en coulisses par les francs-maçons infiltrés en grand nombre dans le gouvernement, ils remportent aujourd'hui une de leurs plus belles victoires.

## 19

À l'intérieur, l'atmosphère est à peine moins survoltée. Les convives ont maintenant pris place autour des longues tables rectangulaires recouvertes de nappes blanches et décorées d'énormes bouquets de fleurs. Les balisiers bicolores ou les frangipaniers rouge orangé empêchent certains d'engager la conversation avec leur vis-à-vis, sauf à se déporter d'un côté ou de l'autre du vase en se dévissant le cou.

Gaëtan est déjà assis à la table d'honneur lorsque Amédée et Félicien le rejoignent. En face de lui ont pris place Jean-René Audierne et sa femme. Jean-René, le parrain de Félicien, n'est pas seulement le conseiller général du canton de Capesterre. C'est aussi un ami personnel du gouverneur et un joueur d'échecs reconnu internationalement, un fin tacticien dont les stratégies éblouissantes sont toujours payantes.

Depuis son plus jeune âge, Félicien est en admiration devant son parrain qui lui enseigne bien plus que les règles du jeu.

Le brouhaha général ne cesse que lorsque Maurice, d'une voix éraillée d'avoir parlé trop fort, s'assied à son tour et que les serveurs apportent les premiers plats.

À la fin du repas, Félicien ne sait rien de la belle tournure des phrases qu'a prononcées Maurice au moment où la digestion et les vapeurs de l'alcool endormaient les consciences – des conditions optimales pour convaincre un auditoire de partager ses opinions, aussi farfelues ou ignominieuses soient-elles.

Il n'a pas écouté. Il n'avait d'yeux que pour Lanester, aperçu au moment où celui-ci se levait de sa chaise et déplaçait le vase de fleurs qui le gênait. Durant presque tout le repas, Félicien a ruminé les événements du 16 mai qui se sont déroulés ici, à Grand-Bourg, à la fin du scrutin.

Félicien et Amédée ont affirmé par la suite aux gendarmes qu'ils avaient assisté au vol de l'urne par les partisans de Roland Lanester. Et qu'à cause de cela ils avaient été pourchassés jusqu'à la porte de leur propre maison par des individus obéissant aux ordres de Lanester. Ils avaient reçu des jets de pierres et même de conques marines jusqu'à ce que Félicien, s'estimant en état de légitime défense, tire des coups de feu en l'air.

Félicien fut le seul à être arrêté par les gendarmes. Naturellement, il fut relâché dès le lendemain ; mais il promit de se venger.

Aujourd'hui, son désir de vengeance menace de lui faire perdre la tête. Il doit agir.

## 20

Gaëtan est allongé dans le hamac tendu entre deux poteaux de la véranda. Une légère brise le rafraîchit et, malgré ses efforts pour lutter contre le sommeil, il s'endort instantanément.

Lorsqu'il se réveille une heure plus tard, il entend des éclats de voix provenant de la salle à manger. Il se lève et rejoint ses fils. Une bouteille de rhum dont le niveau est dangereusement bas est ouverte sur la table. Mimoune tente sans succès de convaincre Félicien, plus éméché encore que son frère, d'ajouter du jus de fruit à son verre d'alcool afin d'en atténuer un peu les effets.

Félicien éructe de mépris et de haine pour Lanester, l'homme qui, dit-il, s'est vendu aux communistes après avoir longtemps fréquenté l'Union républicaine socialiste et radicale. Un homme capable de trahir son propre camp ! D'ailleurs, que faisait-il à ce banquet ? Impossible que Maurice l'ait invité !

Le fait d'avoir revu Lanester la veille ravive en lui le souvenir cuisant de son humiliation. Amédée, comme d'habitude, soutient les initiatives de son frère, lui que son père prétend incapable d'en prendre. Aussi se montre-t-il aussi virulent que Félicien.

Gaëtan, silencieux, les laisse dire. Il sait que leur mésaventure a marqué ses fils, qu'il ne s'agit pas pour eux d'une histoire ancienne. Mais il ne sait pas tout ; il ne sait pas, parce que Félicien ne le lui a pas dit – c'est Mimoune, témoin impuissant de la violence des hommes, qui en informera plus tard son père –, qu'ils ont été insultés, traités de sales coolies, de *z'indiens*, par Lanester et ses partisans.

Gaëtan non plus ne porte pas dans son cœur cet homme dont la distillerie est plus productive que la sienne et qui se paye le luxe de rémunérer ses saisonniers à un tarif supérieur à celui octroyé par les autres planteurs. De ce fait, les ouvriers agricoles se battent presque pour travailler pour Lanester, tandis que lui, Gaëtan, peine à recruter de la main-d'œuvre.

Gaëtan ne retient pas non plus ses fils lorsqu'ils décident, sur le coup de dix-neuf heures, de partir à la recherche de celui qui est devenu, à cet instant, leur ennemi personnel.

# 21

La nuit, tombée depuis une heure, est sans lune. Les deux jeunes gens, impressionnés eux-mêmes par leur noir dessein, sont soudain devenus silencieux. Ils adoptent le rythme de promeneurs partis se dégourdir les jambes après un repas trop copieux. Dans les larges rues du bourg qu'éclairent faiblement quelques lampadaires, ils croisent de nombreux passants bruyants et joyeux, trop occupés à plaisanter pour leur prêter attention. Amédée et Félicien savent exactement où diriger leurs pas : l'hôtel où a eu lieu le banquet est toujours ouvert jusqu'à une heure avancée.

Soudain, à une centaine de mètres de l'hôtel, ils aperçoivent un petit groupe qui se dirige vers eux. L'homme honni est là, entouré d'une poignée de partisans. Un large sourire de satisfaction s'étale sur son visage.

Ils se croisent à la hauteur de la maison de Madame Félicité qui se tient, comme tous les soirs, sur le pas de sa porte. Là, sous les yeux des nombreux témoins, Félicien sort un revolver de la poche intérieure de son veston et tire trois coups de feu sur Lanester.

Profitant de l'affolement général, Amédée à son tour se saisit de l'arme et achève l'homme tombé à terre et hurlant de douleur. Puis les deux frères s'enfuient à toute allure. Quelques minutes plus tard, essoufflés et transpirants, ils rejoignent leur maison où Gaëtan les attend. Il referme à double tour derrière eux la porte d'entrée et attend que ses fils lui fassent le récit de ce qu'il savait être une expédition punitive.

— En tuant ce chien, vous avez fait votre devoir, leur dit-il. N'ayez pas peur. Si vous passez en cour d'assises, vous serez acquittés.

Félicien et Amédée, plus ébranlés qu'ils ne veulent bien l'admettre, se laissent tomber lourdement sur le canapé du salon. Ils ont fait le plus dur. Père fera le reste, pensent-ils, certains que l'argent et les relations de celui-ci leur épargneront la prison.

Le soir même, toute la ville retentit du même cri : *Saint-Sulpice tué Lanester!* Comme s'il importait peu de savoir lequel des Saint-Sulpice est l'assassin, tous étant également coupables de meurtre prémédité.

À cent cinquante kilomètres de là, Paula, trois ans, dort du sommeil de l'innocence dans son petit lit de Rivière-Salée.

## 22

L'affaire ne fait pas la une des journaux. Elle ne suscite que quelques lignes dans la presse de Guadeloupe en octobre et dans celle de Martinique en novembre – comme si elle ne marquait pas plus fortement les esprits que les autres événements de cette année 1926, riche en tragédies.

Pourtant, à dater de ce jour, chacun devient méfiant. Les soupçons s'infiltrent dans les paroles échangées quotidiennement par les paysannes qui piapiatent au marché avec leurs paniers remplis d'œufs, d'ignames ou de fruits à pain, par les créoles qui se retrouvent sur la terrasse des unes ou des autres pour prendre un rafraîchissement, jus de maracuja ou de goyave bien frais, par les hommes qui se retrouvent le soir, sur la place de l'hôtel de ville, pour boire le ti'punch. D'anodines, les conversations sont devenues intrusives. On s'inquiète de la moindre question comme si votre interlocuteur, sous prétexte de s'enquérir de votre santé ou de l'aboutissement d'une démarche quelconque, cherchait en réalité à savoir dans quel camp vous êtes. Pour ou contre ?

Non pas que l'on puisse être pour le meurtre d'un homme, bien entendu. Mais les gens se déchirent au sujet des raisons qui ont poussé de jeunes gens à assassiner une figure locale, connue sur l'île autant pour son engagement politique que pour la prospérité de sa distillerie. Pour les uns, leur geste peut se comprendre à défaut de se justifier. Pour les autres, il est impardonnable. Pour les uns, les jeunes ont été manipulés par leur père, qui est donc le véritable coupable. Pour les autres, le climat politique délétère de la colonie a davantage pesé que la violence d'une poignée d'individus. Les discussions s'enflamment, la colère monte, les insultes fusent. Les amis d'*avant* le 21 octobre ne sont plus automatiquement ceux d'*après*. Le bon sens est relégué aux oubliettes de l'Histoire dans laquelle il est, hélas, impossible de puiser des faits rassurants.

Gaëtan n'a pas menti en affirmant à ses fils qu'ils n'ont rien à craindre, que leur geste ne portera pas à conséquence. La justice n'est pas saisie de l'affaire.

Il faut dire qu'on n'en est pas à un crime près dont les auteurs ne sont jamais retrouvés, d'autant plus qu'on ne se donne pas la peine de les chercher. La justice guadeloupéenne n'est pas seulement rudimentaire. Concentrée entre les mains d'une poignée d'hommes qui détiennent déjà les pouvoirs économiques et politiques, elle constitue une invitation à tuer sans scrupule n'importe quel citoyen.

La presse locale dénonce « la mode des crimes impunis », qu'il s'agisse de vulgaires crimes crapuleux ou d'assassinats politiques. Quelques mois plus tôt, un juge de paix avait été assassiné au Lamentin à coups de revolver. La semaine suivante, un gendarme avait été battu à mort dans sa caserne.

Le drame s'était produit à Gourbeyre, sur Grande-Terre, quelques jours avant l'annonce de la dissolution du conseil. Bien que l'on ne puisse absolument pas reconstituer les faits tant les témoignages divergent, il semble que, ce jour-là, un homme ait été tué dans la commune. Qui est-il ? Nul ne le sait. Qui, comment, pourquoi l'aurait-on tué ? Mystère, une fois encore.

Mais une rumeur persistante accuse les gendarmes. Une foule d'hommes en colère se présente alors devant la gendarmerie pour demander des comptes. Le gendarme Mignot, seul dans la caserne, est violemment pris à partie par les manifestants : coups de pied et jets de pierres s'abattent sur lui. Inquiet de la tournure prise par les événements, il téléphone à la gendarmerie de Basse-Terre, à six kilomètres de là, pour demander du renfort et prévenir le parquet. C'est à ce moment qu'il reçoit un coup de barre de fer derrière le crâne. Le voyant à terre, la foule, semble-t-il, en aurait profité pour lui arracher ses vêtements et le tabasser à mort, sourde aux hurlements de douleur du malheureux. Seule certitude : le gendarme Mignot est mort, et bien mort. Lynché par la foule déchaînée selon les uns, par une bande de bandits selon les autres.

Où trouverait-on pareille violence ailleurs qu'en Guadeloupe ? s'interroge la presse en souhaitant que cette « Quinzaine sanglante » ne soit qu'une parenthèse bientôt refermée.

Mais au regard des élections législatives de juin 1849, premières élections depuis l'abolition de l'esclavage, certains ont pu penser que la disparition de quelques hommes – un par-ci, un par-là – n'était, après tout, qu'un moindre mal.

Le souvenir de ce scrutin est resté gravé non seulement dans les mémoires mais également dans la toponymie de Marie-Galante. Des dizaines de Noirs, citoyens à part entière depuis leur affranchissement, furent tués pour avoir osé manifester contre la fraude électorale organisée par les grands planteurs blancs. Le morne sur lequel ils périrent devint Le Morne-Rouge – rouge du sang des victimes. En représailles, la population déversa le rhum et le sucre de l'Habitation Pirogue, l'une des plus riches de l'île, dans la mare située à proximité. On ne la désigna plus que comme la « mare au Punch ».

Gaëtan se tourne tout naturellement vers son ami Jean-René. Celui-ci a-t-il été surpris du geste des deux garçons? Quoi qu'il en soit, les moyens employés pour éviter à Félicien et à Amédée de rendre compte de leurs actes sont d'une efficacité incontestable. Jean-René ne peut empêcher les gendarmes d'aller les chercher à leur domicile, le lendemain aux aurores, et de leur passer les menottes sous le regard stupéfait des voisins. Mais il réussit dans un premier temps à leur obtenir des conditions de détention – si l'on peut dire – particulièrement favorables : ils sont assignés à résidence. Non pas à leur propre domicile – ce serait bafouer trop ouvertement l'institution judiciaire – mais dans la luxueuse villa du député lui-même, Jean-René Audierne s'étant porté garant que les jeunes gens ne chercheraient pas à s'évader. Quelles raisons, en effet, auraient-ils de le faire ? Ils sont confortablement logés, nourris, blanchis et assurés de retrouver leur vie d'*avant* s'ils se tiennent tranquilles. Ce qu'ils font durant deux mois. Le temps pour Gaëtan et Jean-René de s'adresser au gouverneur et de trouver avec lui une solution qui ressemble, de loin plus que de près, à une sentence. Quelques jours avant Noël, alors que chacun a l'esprit tourné vers les fêtes et que la nouvelle année approche, le « verdict » tombe. Félicien et Amédée seront exilés quelque temps – oh pas trop longtemps, bien sûr ! – sur Grande-Terre. Ils seront employés sur la plantation d'un ami du gouverneur. Ils y apprendront le métier de leur père, distillateur.

Il n'y a donc pas eu de procès. Amédée et Félicien sont restés libres.

Cependant, Gaëtan, par peur de représailles susceptibles de le viser, lui autant que ses fils à leur retour à Marie-Galante, a vendu en toute hâte la maison du bourg. Il a acheté aux Sœurs blanches leur logement situé à quelques kilomètres de là, en bord de mer, et s'y est installé avec sa famille.

*Pourquoi Paula ne m'avait-elle rien dit de ce drame avant que je ne le découvre ? Seul le hasard, en effet, m'avait conduite vers cette information essentielle.*

*Je faisais des recherches dans la généalogie de la famille Saint-Sulpice – les ancêtres corses de Paula, qui étaient semble-t-il rattachés à la noblesse d'Empire, m'intriguaient – lorsque je tombai sur un article se faisant l'écho d'un crime commis à la Guadeloupe au lendemain des dernières élections cantonales.*

*M'étais-je trompée ? S'agissait-il d'un homonyme, d'une fausse piste comme il y en a tant lorsqu'on se lance dans des recherches généalogiques ? Pourtant, tout concordait : les prénoms et les noms de famille, les lieux, les dates.*

*Cet événement totalement inattendu me parut lourd de conséquences possibles. C'était, à première vue, un secret de famille suffisamment encombrant pour que j'y réfléchisse à deux fois avant d'en parler à Paula. Qui sait si je n'allais pas lui causer un choc fatal ? Détruire l'image qu'elle se faisait de sa propre famille et provoquer en elle des dégâts irréversibles ?*

*Finalement, je décidai d'en informer Jean-Bernard, à charge pour lui d'en parler – ou non – à sa mère. Il ne m'appartenait pas de jouer un rôle sur ce terrain-là, d'autant plus qu'il ne s'agissait pas de ma famille. Je ne voulais pas être le messager porteur de mauvaises nouvelles, celui que l'on accuse et que l'on rejette plutôt que de faire face au contenu du message.*

*De plus, j'étais curieuse de savoir si Paula connaissait ou non ces événements, curieuse de savoir si elle faisait, elle aussi, partie de la conspiration du silence qu'elle dénonçait avec vigueur au cours de nos entretiens. Mais pour quelle raison m'aurait-elle volontairement caché ce pan de l'histoire de sa famille, elle qui avait insisté pour me la raconter dans les moindres détails?*

*Jean-Bernard accueillit la nouvelle avec sang-froid et me promit d'en parler à sa mère. J'attendis donc avec impatience qu'il me fasse part de sa réaction. Impatience, et légère inquiétude. Qui sait si Paula n'allait pas prendre ombrage du fait que j'avais déterré un secret, peut-être enfoui dans les profondeurs de l'inconscient familial?*

*Elle savait. Paula savait depuis toujours, en tout cas depuis ses années d'enfance à Marie-Galante. Jusqu'à mon intervention, elle était le seul membre encore en vie de sa famille à connaître la vérité. Elle n'en avait jamais parlé à personne, pas même à ses enfants. Dans le récit détaillé de sa vie et de ses origines familiales qu'elle m'avait fait au cours de nos nombreux entretiens, elle avait omis de me parler de ce drame, elle dont la mémoire semblait intacte malgré son grand âge. Elle dit avoir simplement oublié ce qui était, à ses yeux, un fait divers qui ne la concernait pas personnellement.*

*Vu la gravité des faits et leurs conséquences, je ne pus m'empêcher de penser qu'elle protégeait peut-être quelqu'un avec cet oubli qui ne lui ressemblait pas. Mais qui ? Quelle loyauté familiale l'empêchait, aujourd'hui encore, de parler ?*

*À moins qu'elle n'ait, involontairement, espéré gommer les dysfonctionnements de la société dans laquelle elle avait grandi. Remettre celle-ci en question à un âge aussi avancé que le sien lui aurait fait perdre les repères qui l'avaient guidée tout au long de sa vie. Il était sans doute préférable pour elle d'oublier ce pan du passé.*

*Je finis par comprendre. À l'époque, en Martinique comme en Guadeloupe, on découvrait parfois dans les jours précédant une élection un candidat gisant dans un fossé après avoir été battu à mort. Ou un autre, empoisonné à l'aide de quelque plante vénéneuse – fruit du mancenillier, digitaline ou ciguë –, après le repas auquel son adversaire l'avait hypocritement convié. Ces pratiques n'étaient pas rares. Pour Paula, elles faisaient intégralement partie de son histoire, au point d'être passées quasi inaperçues. Je les regardais avec mes yeux d'aujourd'hui ; elle les voyait avec ses yeux d'autrefois.*

*— Il faut replacer cette affaire dans le contexte de l'époque, insista Jean-Bernard.*

*J'ignore si cette formule vague visait à atténuer la gravité des faits ou à dédouaner sa mère de les avoir passés sous silence, mais il avait raison. Le crime de Grand-Bourg était davantage un fait de société que l'acte d'individus isolés, empêtrés dans des ressorts psychologiques.*

*Mais quelle société ! La fraude et la violence y prospéraient, légitimées par les discriminations issues de l'esclavage.*

## 23

Depuis leur retour sur le sol de la Martinique, la famille vit dans une maison isolée, à quelques dizaines de mètres de la Petite Anse Macabou.

On y accède par un sentier sablonneux qu'il faut parcourir le plus rapidement possible en cas de pluie : il est bordé de mancenilliers, l'« arbre de la mort ». Lorsque l'eau ruisselle de ses feuilles toxiques, elle brûle à coup sûr la peau des promeneurs avant de leur occasionner des lésions neurologiques graves et irréversibles.

Judde est le seul à ne pas croire aux propriétés curatives de l'eau de mer – un véritable antidote selon la légende qui se transmet de génération en génération dans la famille.

Lors de la guerre de Sept Ans, qui s'est propagée jusque dans les colonies, les soldats de la Royal Navy ont rencontré une forte résistance de la part des troupes coloniales françaises. Ils se sont heurtés à deux obstacles inattendus : le climat tropical, qui rendit malades et incapables de combattre des milliers de marins anglais, et les mancenilliers qui en tuèrent beaucoup d'autres – ceux qui s'étaient abrités sous leur feuillage lors des averses ou qui avaient goûté les fruits semblables à de petites pommes. Les Français se sont bien gardés de signaler aux Anglais que l'antidote se trouvait devant eux en quantité illimitée : l'eau de mer. Il aurait, paraît-il, suffi qu'ils en boivent pour échapper au pire.

Judde est aussi le seul à aimer les bains de mer et à avoir appris à nager – Paula se demande encore comment. Violaine et elle se contentent de « faire trempette », comme elles disent. Leurs parents, eux, ne s'aventurent jamais sur la plage, dont la rangée de cocotiers protège pourtant de la brûlure du soleil. Leur père par manque de temps, leur mère pour des raisons plus mystérieuses.

Il fait encore trop chaud pour ouvrir les persiennes. Paula jette un coup d'œil au ventilateur. Les pales en bois et en rotin accrochées au plafond émettent le bourdonnement habituel, léger et régulier, propice à l'endormissement. Son père, dans le fauteuil à bascule, a déjà sombré. L'après-déjeuner est le seul moment de la journée où lui, et lui seul, peut se reposer avant de rejoindre la gendarmerie. Césarine n'autorise personne d'autre que son mari à paresser ainsi. Dans une maison, il y a toujours quelque chose à faire, dit-elle. Sitôt le repas terminé, Paula passe autour de sa taille le tablier avec lequel elle fait chaque jour la vaisselle. Violaine balaye le plancher en bois tandis que Judde, le coude nonchalamment appuyé sur le rebord de la table, attend l'ordre de se secouer que sa mère ne va pas tarder à lui donner.

Celle-ci est plongée dans la lecture du numéro spécial du *Journal officiel de la Martinique* du 4 septembre 1940, ouvert sur la table de la salle à manger. Elle émet un claquement de langue sonore, signe d'une intense satisfaction, lorsqu'elle découvre l'annonce de la page 4 qu'elle leur lit à haute voix : « Création d'un Bureau des contributions indirectes spécialement chargé de la réquisition des rhums et des sucres nécessaires aux besoins de la Défense nationale. »

La veille, le gouverneur de la Martinique a appelé ses compatriotes à se mobiliser afin de répondre aux sacrifices que la Mère Patrie s'apprête à demander à ses colonies.

Mais les raisons qu'a Césarine de se réjouir n'ont rien de patriotique. Elle anticipe déjà la suite des événements. Comme de nombreux békés, elle estime que plus le conflit durera, plus l'économie de l'île profitera d'une demande accrue de rhum et de sucre, comme lors de la Première Guerre. Il en avait fallu, des tonneaux, pour soutenir le moral des troupes enterrées dans les tranchées de l'est de la France ! Le rhum faisait aussi office d'antiseptique et d'anesthésiant pour les chirurgiens contraints d'opérer sur place les innombrables blessés. Les planteurs de canne, eux, en avaient profité pour reprendre aux betteraviers la première place sur le marché du sucre : les champs de betteraves, ravagés d'obus, transformés en terrains de boue sous les bottes des soldats, n'étaient plus cultivables.

Penchée au-dessus de l'évier de la cuisine, Paula lave la vaisselle en un temps record. Contrairement à son habitude, elle laisse délibérément les assiettes dans l'égouttoir au lieu de les essuyer.

Elle refuse de croire, comme le prétend sa mère depuis un an, que la guerre puisse avoir de bons côtés. Comment peut-on dire des choses pareilles ?

Et s'ils étaient de nouveau séparés, comme lorsqu'ils étaient petits ?

Paula n'a jamais questionné ses parents sur les raisons de leur éloignement. Un regard indéchiffrable, une tête détournée, une phrase laissée en suspens ont suffi à la dissuader de le faire, comme pour tous les enfants qui sentent qu'on leur cache quelque chose. L'implicite est un piège plus redoutable que l'interdiction. Au fil du temps, les hypothèses échafaudées en silence – le manque d'argent, l'imminence d'une nouvelle éruption volcanique, une maladie contagieuse – se sont évaporées. Mais l'angoisse, elle, est toujours là, n'attendant que les moments propices pour surgir des tréfonds de son être.

# 24

De surprise, Paula refuse tout d'abord la proposition de sa mère de poursuivre ses études au-delà du lycée.

Quand était-ce ? Après l'armistice, vraiment ? N'était-ce pas plutôt au tout début de la guerre ?

Paula n'est pas sûre. Elle se revoit avec sa mère à l'approche du Diamant. Le car dans lequel elles ont pris place amorce un dernier virage puis atteint le sommet de la route qui descend en pente raide vers le bourg. La vue à cet endroit est exceptionnelle, embrassant d'un coup toute la côte : le rocher fermement planté dans la mer, autrefois avant-poste de combat de la marine anglaise, la plage sur laquelle déferlent d'énormes vagues chargées d'écume et au loin le morne Larcher dont la forme évoque le profil d'une femme couchée. Comme est exceptionnelle cette sortie qu'elles font toutes les deux. Un cousin de Césarine est arrivé de Marie-Galante avec des nouvelles de là-bas et des cadeaux pour eux tous.

Non. Mieux vaut travailler tout de suite. Ne plus être une charge pour elle. Ne plus être ce poids qui, à l'entendre, menace l'équilibre familial. Ne plus être une bouche de plus – une bouche de trop ? – à nourrir. À intervalles réguliers, en effet, sa mère brandit d'un geste rageur, sous le nez de Paula et de Violaine, un livret d'épargne dont la somme s'amenuise d'année en année.

Puis Paula change d'avis. Son renoncement ne suffirait sans doute pas à éclairer d'un sourire le visage de sa mère. Celle-ci lui refuse d'ailleurs ce qu'elle a accordé à Firmine : faire ses études en France. Le sacrifice serait trop grand, dit-elle, après celui qu'ils ont déjà fait pour les études des deux aînés. Mais que Paula souhaite, elle aussi, devenir infirmière est dans l'ordre des choses. Soigner les plaies, soulager les souffrances, réconforter les malades, se dévouer pour les autres : tel est le rôle des femmes depuis la nuit des temps, n'est-ce pas ?

Paula se garde bien de protester ; cela ne ferait qu'aggraver sa situation. Sa mère n'a jamais caché sa déception d'avoir eu trois filles, auxquelles elle a donné pour mission de se rendre utiles dans la maison en attendant de se marier. Raccommoder, laver, ranger, cuisiner, servir à table : c'est le sort des filles, dit-elle en soupirant.

Sa mère n'a pourtant rien d'une femme soumise. Elle a toujours pris toutes les décisions, parfois même sans en référer à leur père, que celles-ci concernent l'endroit où ils vivent, l'éducation ou les fréquentations des enfants, les dépenses nécessaires ou superflues.

Un jour, elle décrète qu'elle cessera d'aller au marché, au bourg du Vauclin, et que cette tâche leur incombera désormais, à Violaine et à elle. Elle prétend ne plus vouloir de ces conversations insipides avec les commerçants ou avec les voisins, ni de ces rencontres inopinées dans la rue, sur la plage ou ailleurs. Elle ne veut plus avoir à raconter sa vie. De toute façon, celle-ci ne regarde personne.

De fait, personne ne vient jamais dans la maison du Macabou. Ni amis – c'est simple : ils n'en ont pas –, ni collègues de son mari, ni parents d'élèves ou professeurs lorsque Paula et ses frères et sœurs allaient à l'école du bourg. Tant et si bien que personne ne songe à les inviter.

Mais alors, pourquoi sa mère se satisfait-elle de cette situation ? Le fait que le sort des femmes soit peu enviable semble n'être que secondaire. Du moment qu'il est partagé, elle se sent à égalité avec les autres. Du moment qu'aucune ne s'élève au-dessus des autres, qu'aucune ne s'élève au-dessus de leur condition, elle puise dans le malheur d'être femme la conviction que justice lui est rendue.

Et personne dans la famille ne proteste – ou si peu ! Les désaccords sont à peine esquissés, jamais frontalement exprimés.

Sa mère ne sort plus de chez elle que pour des occasions très particulières, comme si elle se cachait. Le reste du temps, elle se contente du jardin derrière la maison, où elle fait pousser des légumes. Parfois, elle s'absorbe dans la contemplation de la mer, visible depuis la terrasse en bois. Mais le plus souvent elle s'active et se déplace à vive allure dans la maison, le geste nerveux plutôt que vif, le regard sombre tendu vers son objectif du moment – le ménage, les lessives, le rangement des placards de ses cinq enfants –, le menton volontaire, constamment relevé comme pour défier le monde.

Même sa corpulence, acquise au fil des maternités et des années, ne la ralentit pas. Au contraire. Elle semble y puiser sa force et la place qu'elle occupe au sein de la famille : le pilier central, le *poteau-mitan*.

Sans elle, que deviendraient-ils? se demande parfois Paula. Malgré son incompréhension face au mur derrière lequel sa mère se barricade, elle lui pardonne tout. Elle lui a tant manqué autrefois!

# 25

Leur mère est contrainte aux pires acrobaties pour les nourrir. Faute de farine, ils mangent des galettes de maïs ou de manioc, peu goûteuses mais nourrissantes. Il faut faire bouillir de l'eau de mer pour avoir du sel. Le beurre a déserté la table familiale, de même que la viande. La morue, qui y figurait autrefois en abondance et sous toutes les formes – fraîche, grillée, séchée, marinée, en sauce tomate, en brandade, ils en avaient la nausée à l'exception de leur père, rappelé à son ancienne vie de marin –, n'est plus qu'un souvenir. Son prix est désormais prohibitif. Heureusement, les quelques légumes et tubercules, ignames et patates douces, que leur mère cultive dans son jardin, permettent de varier les menus.

Césarine n'est pas la seule à avoir cru que la guerre ne les affecterait pas, sous prétexte que les Antilles sont distantes de huit mille kilomètres du théâtre des opérations militaires engagées par Hitler. Ils ont pourtant été coupés des approvisionnements de la France par l'entrée en guerre des États-Unis. Depuis le blocus instauré par les

Américains, c'est pire : les pénuries alimentaires ont fait place à la famine.

Paula rêve constamment de nourriture – de boudin créole pimenté, de crabe farci, de gratin de christophines ou encore de blanc-manger au coco. Elle se sent capable de se battre pour un quignon de pain – heureusement qu'il n'y en a pas ! – et la violence de son désir l'effraye. Elle se découvre vorace, alors qu'elle a toujours eu un appétit d'oiseau. L'amertume de son enfance fait place à la nostalgie lorsqu'elle se remémore le goût du chocolat chaud que leur servait autrefois Mimoune en guise de dîner. La production de cacao, une denrée cultivée sur place, s'est effondrée. Les prix ont grimpé à toute vitesse et le chocolat est devenu un produit de luxe dont ils doivent désormais se passer.

Aucun d'eux ne se plaint ; la totalité de la population est dans la même situation. On porte des chaussures à semelles de caoutchouc fabriquées à partir de vieux pneus de voiture, on fait la queue des heures durant pour être au magasin dès l'ouverture de peur qu'il n'y ait plus rien à vendre quelques heures plus tard, on partage le peu que l'on a avec les plus démunis.

Et puis, ils ne veulent pas affliger davantage leur mère, qui s'efforce d'oublier que le spectre tant redouté de la pauvreté l'a rattrapée. Césarine refuse d'entendre parler de ceux qui sont contraints de mendier dans les rues ou sur les marchés, où Paula et Violaine les croisent régulièrement. Elle refuse de faire du troc, activité à laquelle tout le monde s'adonne pourtant. Un jour, elle a même renvoyé la morue fraîche qu'une commerçante avait fait porter chez elle sans qu'elle ait rien demandé, persuadée que la poissonnière voulait des légumes de son jardin en échange.

Plutôt mourir de faim que de recourir à ce qu'elle considère comme une aumône. C'est le sang des Saint-Sulpice qui coule dans ses veines, pas celui de miséreux.

## 26

Et son père, dans tout cela? Il n'a pas son mot à dire?

Non.

Paula aurait aimé que, de temps à autre, il manifeste davantage sa présence. Ou qu'il exprime à leur mère une once de désapprobation, ne serait-ce qu'en fronçant un sourcil ou en haussant les épaules. Mais il est toujours calme, stoïque, comme si tout était normal, comme s'il n'y avait jamais aucune raison de protester.

De toute façon, a-t-on jamais vu un orphelin capable de parcourir plusieurs kilomètres à pied en sabots fourrés de paille pour aller à l'école, capable de louer ses services dans les fermes du fin fond de la Bretagne pour survivre, se plaindre de quoi que ce soit? Le père de Paula est un taiseux. Il n'est pas taillé comme un bûcheron – profession de son regretté père, à lui –, loin de là. Il est mince et de taille moyenne mais très vigoureux, comme si toute son énergie provenait de sa détermination. Le travail ne lui a jamais fait peur, au contraire.

À l'âge de onze ans il s'est présenté, habillé de son unique costume noir déjà trop petit pour lui, au capitaine d'un terre-neuvas qui s'apprêtait à lever l'ancre sur le port de Saint-Malo. Oui, l'équipage n'est pas complet, on peut embarquer un marin supplémentaire. Mais quel âge a-t-il ? Supportera-t-il de rester six mois en mer sur l'île de Terre-Neuve, au large du Canada, là où les bancs de morue sont le plus abondants ? Il sera loin de sa famille, devra vivre dans des baraquements avec des centaines d'autres hommes qui, comme lui, pêcheront la morue à la ligne toute la journée, assis deux par deux sur les frêles embarcations que le navire transporte sur ses flancs. Est-ce vraiment ce qu'il veut ?

François s'est habitué à cette vie rude, aux mains gercées par l'eau de mer, à l'odeur du poisson que l'on éventre puis que l'on sale, à la solitude que la présence des autres hommes d'équipage ne permet pas de briser. Cette vie en vase clos, éloignée de la société, lui convenait, aussi ne voit-il pas d'objection à ce que, des années plus tard, sa femme la lui impose sur une autre île – de l'hémisphère Sud, cette fois.

Après quelques années passées en mer à pêcher la morue, il a décidé de changer de métier. Il a gardé de son enfance à la campagne l'amour des chevaux et une certaine habileté à les monter. À cru, évidemment. Sans la selle, ni les bottes, ni la tenue qui distinguent un cavalier d'un paysan. Ses qualités équestres, son intelligence et son acharnement au travail lui permettent d'entrer dans la Garde républicaine mobile. Pour le prestige de l'uniforme, auquel Césarine succombera plus tard ? Par désir que l'ordre social soit maintenu, comme l'exige la fonction ? Plus probablement pour défendre la veuve et l'orphelin, lui qui en fut un.

Mais aussi par soif de découvrir des horizons moins géographiques que culturels. La fréquentation de ses collègues et de leurs épouses lui ouvre les portes d'un monde qu'il ignorait totalement. Lui, l'ancien mousse et pêcheur de morue, découvre ainsi la musique. Il se rend régulièrement au théâtre et à l'Opéra dont il apprend les airs par cœur, les chantant à tue-tête dans sa salle de bains.

La guerre de 1914 met fin à cette vie de rêve. Puis, sitôt celle-ci terminée et François démobilisé, il quitte le prestigieux corps d'armée pour rejoindre la gendarmerie à cheval. Celle-ci l'envoie dans les colonies, où il fait la connaissance de Césarine.

Son goût pour la musique ne l'a jamais quitté. Il joue encore si facilement du violon qu'il a appris à Firmine et à Gabriel à en jouer.

Paula ignore pourquoi elle n'a pas eu le droit d'apprendre le violon. Elle s'est contentée d'assister à ces moments privilégiés où son père donnait des cours aux deux aînés, où il se consacrait entièrement à eux, où il les incitait à travailler davantage, où il les félicitait de leurs progrès.

Pour lui, ne sera-t-elle toujours qu'une pie-grièche ?

# 27

Judde est maintenant un beau jeune homme de dix-sept ans de taille moyenne, aux traits réguliers, dont les cheveux bouclés accentuent la douceur du visage et soulignent la fragilité du regard. Pas le genre baroudeur. Pourtant, il est habité depuis quelques années déjà d'une révolte adolescente qui ne trouve pas à s'exprimer.

À quel moment a-t-il senti naître en lui les prémices d'une autre révolte ? Paula ne saurait le dire avec exactitude, mais elle pense qu'il n'accepte pas les traitements dégradants que l'amiral Robert, le représentant du maréchal Pétain, inflige à toute la population. La colère de son frère enfle à mesure que la répression s'intensifie.

L'Amiral fait régner la terreur sur les deux cent quarante-six mille habitants de Martinique, dont la plupart ont des ancêtres esclaves. Le mouvement communiste a été dissous, les loges maçonniques ont été interdites, les Juifs pourchassés, les fonctionnaires obligés de prêter serment de fidélité au Maréchal, la presse censurée, les fêtes traditionnelles, les bals populaires et le Carnaval annulés, la consommation de rhum prohibée, le courrier des habitants épluché, les cases des plus pauvres rasées, les opposants internés, condamnés à mort ou torturés. Et les femmes de l'administration priées – si l'on peut dire – de démissionner de leur poste d'institutrice ou de secrétaire pour se marier et faire des enfants.

Malgré l'interdiction des réunions à caractère politique, Judde rejoint chaque soir, en cachette de leurs parents, un petit groupe de jeunes gens. La plupart sont ouvriers dans les plantations de canne. Ils sont dans la force de l'âge, et noirs de peau. Les blancs-pays comme lui – ceux dont les ancêtres sont arrivés sur l'île au XVIIe siècle – sont peu nombreux. Judde, qui n'a pas encore fêté ses dix-huit ans, est le plus jeune de tous.

Ils s'asseyent sur le sable face à la mer sur la plage du Macabou. Leurs voix se mêlent au bruit des vagues qui déferlent sur la plage, couvrant le bruit de la faune nocturne. Judde écoute plus qu'il ne parle. Il n'est pas sûr d'avoir la conscience politique que lui prête Zacharie, celui que l'on qualifiera de meneur s'il se fait prendre. Zacharie parle mieux que les autres, ses convictions semblent plus fortes, et surtout il sait ce qu'il faut faire plutôt que d'attendre, impuissant, que l'Amiral les broie tous comme des noix de coco.

L'idée de fuir vers les îles anglaises de Sainte-Lucie au sud de la Martinique ou de la Dominique au nord, comme le font déjà un certain nombre de ses compatriotes, tourmente Judde. Est-il nécessaire d'ajouter la honte individuelle de la fuite à celle de la capitulation ? Il proteste vaguement, ne sachant comment ordonnancer dans son esprit les mots d'honneur, de courage, de devoir.

On ne fuit pas, et surtout pas à cause de la faim, dit Zacharie. Il ne faut pas croire ce que dit le gouvernement ni, d'ailleurs, les patrons des plantations. Ils s'inquiètent seulement de voir partir la main-d'œuvre. Tout ça, c'est pour nous empêcher de rejoindre le général de Gaulle. Londres, c'est loin de la Martinique, hein ? C'est pour ça que les gars vont à Sainte-Lucie ou à la Dominique. Là-bas, ils sont accueillis à bras ouverts par les bureaux de recrutement des Forces françaises libres. Avant d'être envoyés dans le sud de la France et incorporés à l'armée, ils sont formés par des officiers britanniques, américains ou canadiens.

Mais avec quel argent, tout ça ?

On trouve toujours à s'arranger. Dans le pire des cas, la *Dissidence* mobilise certaines ressources que Judde n'a pas à connaître.

Dissidence. Judde entend ce mot pour la première fois mais il n'a pas besoin qu'on le lui explique. De Gaulle aussi est un dissident ; il a quitté son pays pour mieux combattre l'occupant allemand. Finalement, quitter la Martinique pour la même raison que lui ne pourrait que faire honneur à son île natale et à sa famille.

28

Malgré l'interdiction officielle, le père sirote le ti'punch que la mère vient de lui servir sur la terrasse en bois blanc qui jouxte la salle à manger. Le punch est, comme il se doit sous ces latitudes, à température ambiante, c'est-à-dire tiède. Un quartier de citron vert flotte dans le liquide incolore. Seul manque, du fait du rationnement, le filet de sucre en poudre que l'on colle habituellement sur le bord du verre. Une bouteille vide est posée sur la table recouverte d'une nappe en madras, la dernière des bouteilles de « rhum Saint-Sulpice » que leur mère conservait.

Lassé d'attendre que la situation s'améliore, Judde croit bien faire en informant ses parents de sa décision au lieu de faire comme la plupart des dissidents : partir discrètement, sans dire adieu à leur famille. Pense-t-il ainsi se sentir moins coupable de les abandonner ? Ou espère-t-il, sans trop y croire, qu'ils accepteront de contribuer financièrement à son départ ?

L'annonce de son départ prochain les atteint de plein fouet. Les cris de leur mère résonnent dans toute la maison.

Paula quitte précipitamment sa chambre où elle préparait son concours d'entrée à l'école d'infirmière et les rejoint, affolée, sur la terrasse ; Violaine, sur le point de partir travailler, également.

Judde lève les yeux au ciel avant d'adresser à ses sœurs un regard de connivence muette. Ils ont peu partagé leurs doutes et leurs espoirs respectifs mais ils ont l'habitude de se comprendre en silence.

Hors de question ! lui dit leur mère. Aller se faire tuer à la guerre ? Celle de 14 a fait de son père un orphelin, celle d'aujourd'hui ne fera pas entrer une nouvelle fois le deuil dans la famille ! Son grand-père maternel a réussi à échapper à la mobilisation en reconnaissant *in extremis* ses sept enfants, et Judde veut s'engager sans qu'on soit venu le chercher ? Et en plus, il veut que ses parents payent un passeur pour qu'il embarque, de nuit, sur un minuscule gommier qui risque d'être torpillé si les navires de l'Amiral ou les sous-marins allemands le repèrent ? Ou qui chavirera par la force du courant avant d'atteindre le canal de Sainte-Lucie ?

L'image de Gaëtan, homme de devoir sûr de lui et autoritaire, prompt à donner des leçons aux autres, traverse l'esprit de Judde. Il n'ignore pas que les pères de famille sont les derniers à être mobilisés ; que, souvent, ils ne sont même pas obligés de partir. Mais que cet homme-là, avant d'être mis au pied du mur, ait refusé de reconnaître ses enfants – et il en avait eu sept – et de combattre pour sa patrie ! La lâcheté de son grand-père lui apparaît soudain comme une raison supplémentaire de s'engager.

Judde observe son père. Celui-ci, comme à son habitude, ne dit rien. Il a les yeux rivés sur sa femme, en train d'essuyer avec un mouchoir la sueur dégoulinant de son front. La stupeur se lit sur son visage, comme si l'information qu'il vient de recevoir donnait à leurs vingt années de mariage un sens nouveau qu'il peine, pourtant, à discerner avec précision.

Le silence s'est installé. On n'entend que le chant des oiseaux et le grincement que fait le fauteuil à bascule dans lequel Judde se balance.

Un soupir de soulagement lui échappe. Ce n'est pas seulement la honte de la capitulation de la France qu'il veut effacer en entrant en dissidence. C'est aussi celle de son grand-père qui a tenté de s'en débarrasser en la transmettant aux autres membres de sa famille. Ce qui lui a permis de se tenir la tête haute tandis qu'autour de lui on la baissait.

Judde relève instinctivement le menton, prêt à planter un coup de poignard dans le cœur de sa mère. Le malaise enfoui depuis toujours au plus profond de lui-même n'a plus de raison d'être.

D'une voix ferme que Paula ne lui connaissait pas, il dit qu'il se passera de l'accord de ses parents ainsi que de leur argent. Ils sont prévenus. Qu'ils ne s'étonnent donc pas si, un matin, ils découvrent son absence. Que les choses soient claires : il espère ne jamais ressembler à son grand-père dont la lâcheté – il ose le mot – l'écœure. Ce n'est pas le deuil qu'il fera entrer dans la famille. C'est la fierté, l'honneur de servir son pays et le courage d'être un homme, c'est-à-dire d'assumer ses actes.

Lorsqu'il s'arrête de parler, leur père adresse à Judde un léger mouvement de tête, signe presque imperceptible d'approbation. Leur mère se lève brutalement, manquant d'emporter avec elle la nappe en madras et la bouteille vide. Puis elle quitte la terrasse, bousculant Paula au passage. La discussion est close.

# 29

Leur mère a fini par parler. Par raconter comment leur grand-père, avec une facilité éhontée, s'est soustrait à son devoir.

Césarine avait dix-sept ans lorsqu'elle a changé de nom.

Cette fois, il ne s'agissait pas de changer de nom de baptême – de prénom – comme ils l'avaient tous déjà fait. Ils avaient adopté la coutume voulant que l'on inverse le premier et le second prénom de ses enfants afin de les protéger des quimboiseurs et autres sorciers jeteurs de sorts. Césarine elle-même s'appelait en réalité Adèle. Sa sœur Mimoune s'appelait Damienne – bien que, dans son cas, il s'agisse d'un diminutif, pas d'un second prénom dont on peut se demander qui, dans cette famille si peu affectueuse, le lui avait donné.

La famille Saint-Sulpice a d'ailleurs poussé très loin cette coutume antillaise. Certains ont pris pour prénom celui d'un frère ou d'une sœur, d'un oncle ou d'une tante. À une époque, il y avait trois Gaëtan : le grand-père, un de ses frères, et l'arrière-grand-père. Le véritable prénom du grand-père était Eugène. Le frère de celui-ci, Gaëtan, se faisait appeler Alexandre, du nom d'un de ses petits-neveux. Et l'arrière-grand-père – le troisième Gaëtan – s'appelait en réalité Simon. Un prénom que, par la suite, on a donné au petit frère de Mimoune né deux ans après elle, et disparu prématurément.

Un simple manque d'imagination, ces prénoms qui se répètent y compris dans une même génération ? Ou un écran de fumée destiné à brouiller les pistes, voire à effacer les traces du passé ? Étrangement, ce sont surtout les garçons que la famille rebaptise. Le sort des filles a moins d'importance, n'est-ce pas ? Les quimboiseurs peuvent toujours venir les prendre, cela fera des bouches en moins à nourrir ! Paula elle-même est une exception dans sa propre famille : elle n'a qu'un seul prénom.

Non. Cette fois, il s'agissait de changer de nom de famille.

Gaëtan s'était présenté discrètement à la mairie de Grand-Bourg, muni des documents attestant qu'il était bien le père des sept enfants. Puis il les avait officiellement reconnus, ce qu'Augusta lui réclamait depuis des années. À dater de ce jour, ils eurent le droit de porter le nom de leur père, Saint-Sulpice. Auparavant, ils portaient le nom de leur mère, Dhély.

Ce fut aussi simple que cela.

À peine sorti de la mairie, Gaëtan avait traversé la rue pour se rendre au bureau de recrutement qui l'avait convoqué.

On était en mai 1915. Après l'incorporation des volontaires au début du conflit, l'armée avait fait appel aux habitants des « vieilles colonies », les créoles antillo-guyanais, et aux populations d'Afrique du Nord. Jusque-là, les soutiens de famille avaient été exemptés.

Mais les pertes en hommes étaient telles que cela ne suffisait plus. La mobilisation générale fut décrétée. Elle concernait désormais tous les hommes valides âgés de dix-neuf à quarante-cinq ans, y compris les pères de six enfants.

Gaëtan en avait sept.

Il fut exempté sur-le-champ.

À dater de ce jour, ils passèrent du statut d'enfants naturels dépourvus de droits à celui d'enfants légitimes. Il fallut du temps à Césarine pour admettre que sans la guerre...

## 30

Chaque matin, toute de blanc vêtue dans son uniforme d'infirmière et son bonnet surmonté de l'insigne de la Croix-Rouge, Paula retrouve à l'hôpital ses malades qui l'attendent.

Elle est la dernière infirmière recrutée dans le service des maladies infectieuses. Là, dans les odeurs de désinfectant et d'antiseptique, dans le soulagement qu'elle apporte aux malades, dans le respect que lui manifestent les médecins qui louent son sens des responsabilités et sa capacité de décision, sa vie a trouvé un sens. Elle ne ressent plus le poids qui lui enserrait si souvent la poitrine, ce besoin de justifier en permanence son existence comme si celle-ci n'allait pas de soi. Elle rachète par son dévouement une faute qu'elle ne se souvient pas avoir commise.

Aucun malade atteint du typhus – et ils sont nombreux parmi la population vivant dans des conditions insalubres – ne meurt dans *son* service, dit-elle fièrement. Elle est intraitable sur les mesures d'hygiène, dont l'absence favorise la contagion. Elle contrôle jusqu'à l'obsession l'asepsie du matériel médical. Elle le désinfecte même après qu'une autre de ses collègues l'a déjà fait. Elle fait tout pour maîtriser les fièvres, empêcher les maladies de s'aggraver et les blessures de s'étendre, comme s'il était en son pouvoir de repousser les limites de la vie. Se berce-t-elle ainsi de l'illusion de contrôler la sienne ?

Le soir, elle rentre chez elle à pied à la nuit tombée, après avoir décliné les propositions de ses collègues masculins de la raccompagner. Une jeune fille aussi jolie qu'elle risquerait d'être la proie de quelque mauvais garçon, lui susurrent-ils à l'oreille.

Mais elle n'a que l'hôpital à traverser. Elle habite depuis un an dans une aile de l'hôpital militaire de Fort-de-France qui lui a ouvert ses portes sitôt son diplôme obtenu. C'est une petite chambre aux murs verdâtres, sommairement meublée, avec une cuisine et une salle de bains communes aux quelques employés dépourvus de moyens de transport qui vivent sur place en attendant des jours meilleurs.

Elle ne fréquente pas davantage ses collègues femmes. Est-elle seule responsable de son isolement au sein de l'équipe, ou bien Josepha, la belle métisse, Aloïsa, que l'on appelle « ma grande », et Ginette, la surveillante en chef, ont-elles installé autour d'elle un cordon sanitaire infranchissable ?

Chaque soir, elle les regarde partir bras dessus, bras dessous. Leurs peaux de couleurs différentes se touchent avec une intimité déconcertante. Elles éclatent d'un rire complice à la moindre occasion, se réconfortent mutuellement en cas de nécessité ou partagent à voix basse quelque confidence.

Est-ce ainsi qu'il faut s'y prendre pour se faire des amies ? Paula n'en a jamais eu. Elle se soumet volontiers à l'injonction d'aimer son prochain mais aucun élan ne la porte vers les autres. Ce désir qui, elle le voit bien, se situe au-delà de la politesse et des échanges professionnels est pour elle un mystère. Le comportement de ses collègues lui évoque désagréablement – allez savoir pourquoi ! – le Carnaval et ses pleureuses habillées de noir et de blanc, couleurs du deuil, qui déversent dans les rues le mercredi des Cendres leur chagrin de voir mourir « Vaval ».

Elle préfère se réfugier dans la chapelle située dans l'enceinte de l'hôpital, au bord de la rivière Madame, pour prier la Vierge Marie. Elle en ressort apaisée, soutenue non seulement par sa foi mais aussi par celle de son frère Gabriel, si loin et en même temps si proche d'elle.

## 31

Paula n'a pas revu son frère aîné depuis qu'il a été envoyé en France au Prytanée militaire de La Flèche. Mais ils s'écrivent régulièrement. Elle l'imagine revêtir tous les matins son uniforme bleu marine, ceinturé à la taille, dont les boutons en métal luisent d'un éclat guerrier, puis poser sur sa tête le lourd képi de l'école.

Elle n'éprouve aucune surprise lorsque Gabriel annonce qu'il a quitté l'armée. Il a réalisé le rêve de leurs parents : devenir saint-cyrien. Il a été reçu haut la main au concours d'entrée de cette prestigieuse école, il a supporté trois années supplémentaires de formation au service de la Patrie. Le jour même où il reçoit son diplôme, il met à exécution le projet qu'il mûrissait depuis des années dans la solitude de son enfance. Il démissionne et entre dans les ordres. Les carmes déchaux de Bordinié, quoique un peu étonnés de l'arrivée dans leur communauté de ce jeune et beau militaire, l'accueillent à bras ouverts.

À l'inverse, la honte et le déshonneur s'abattent sur la maison du Macabou lorsque leur mère apprend la décision de Gabriel par une lettre de lui. Une honte venue de bien plus loin que de l'ingratitude supposée de son fils.

Elle crie qu'elle ne l'a pas élevé pour qu'il devienne moine, qu'il n'est pas digne de la lignée des Saint-Sulpice malgré sa peau blanche, qu'il l'est même moins qu'elle, avec sa peau couleur d'esclave ! Leurs ancêtres ont combattu les Anglais pour les empêcher de s'emparer de l'île, l'un d'eux a même été fait prisonnier, et lui, Gabriel, a décidé de se cacher derrière les murs d'un couvent ? Comment la terre des Saint-Sulpice serait-elle devenue une sucrerie prospère et une distillerie dont le rhum est connu dans le monde entier s'ils avaient tous fui, comme lui, leurs responsabilités ?

Paula tente de plaider la cause de son frère, dont la vocation religieuse entre en résonance avec sa vocation d'infirmière. Mais les remarques cinglantes de sa mère, qui enfourche son cheval de bataille dès que ses filles la contrarient – son obsession de vouloir les marier avant qu'elles ne deviennent vieilles et laides, d'ailleurs il est sans doute déjà trop tard –, la font taire. De toute façon, Paula sait que la décision de Gabriel est irrévocable, et c'est tant mieux.

Son père, comme à son habitude, n'essaye pas de calmer la furie de Césarine – ce serait de toute façon peine perdue. Il soupire et jette à Paula un regard résigné. Celle-ci détourne la tête, agacée par son trop-plein d'indulgence.

# 32

Les parents de Paula se sont rencontrés à Marie-Galante, un jour où François se rendait au bureau de poste de Grand-Bourg pour envoyer de l'argent à son petit frère, resté dans le village breton de leur enfance.

Malgré son jeune âge, Césarine y travaille tous les matins. L'après-midi, elle tient la comptabilité de son père dans la boutique située au rez-de-chaussée de leur maison, au centre du bourg.

François succombe le premier – et ce n'est pas seulement devant le charme exotique de la jeune fille, sa peau foncée, ses yeux en amande, ses lèvres charnues. Il est foudroyé sur place par le regard noir avec lequel on peut difficilement dire qu'elle *accueille* les clients. Elle tamponne d'un geste hargneux les lettres expédiées par avion, comme si elle reprochait aux expéditeurs leurs liens avec un monde lointain qu'elle ne connaîtra jamais. Tant de fougue chez une frêle jeune fille ! Il en est subjugué. Jamais son frère n'a reçu autant de mandats de sa part, tant il brûle de revoir l'inconnue de la poste.

« Puis-je vous raccompagner chez vous ? » lui demande-t-il après s'être présenté, un jour où il a attendu à l'extérieur du bâtiment que Césarine termine son service. Elle ne fait pas mine de s'étonner de sa présence ailleurs que derrière son guichet. Elle ne s'offusque pas d'une telle proposition de la part d'un quasi-inconnu. Elle accepte tout de suite en le regardant droit dans les yeux. Il lui propose de monter dans sa carriole mais elle préfère traverser le bourg à pied, sans craindre les commérages – voire, peut-être, pour les attiser. François, dans son uniforme de gendarme, tient l'ombrelle jaune pâle, assortie à sa robe, de la jeune fille triomphante. Son admiration pour la femme déterminée qu'elle est naît à ce moment-là.

Il a alors la certitude d'avoir trouvé son port d'attache. Mais ce ne sera pas sans essuyer une violente tempête qu'il parviendra à lier son destin à celui de Césarine.

Les détails de cette journée qui, d'ordinaire, laisse des souvenirs heureux sont gravés en lui.

Le ciel était lourd de gros nuages noirs – comme toujours à l'approche d'une dépression tropicale. François a rendez-vous à l'Habitation Saint-Sulpice avec Gaëtan qu'il n'a encore jamais rencontré. Malgré la distance à parcourir sur son cheval, se présenter en personne pour demander à un homme la main de sa fille est, à ses yeux, la meilleure démarche pour vaincre les réticences auxquelles il doit s'attendre, l'a averti Césarine. Pour l'occasion il a revêtu, bien qu'il ne soit pas en service, son uniforme bleu de gendarme, davantage pour se donner du courage que pour impressionner son futur beau-père.

Il ne s'étonne pas d'être reçu dans le bureau de Gaëtan au rez-de-chaussée de la distillerie, comme s'il était un fournisseur et non un prétendant. Il ne s'étonne pas non plus du fait que son hôte ne lui offre rien à boire, pas même un verre de rhum. Il aurait dû, pourtant. Cela lui aurait permis de se préparer à la brièveté de leur entretien et au choc qui en découla.

— Vous voulez épouser ma fille ? demande Gaëtan sans même observer le jeune homme, comme s'il savait déjà qu'il ne l'intéresserait pas.

Sentant instinctivement que l'amour que Césarine et lui ont l'un pour l'autre n'impressionnera pas Gaëtan, François évoque, en guise d'argument, la stabilité de son statut de fonctionnaire.

— Vous savez qu'elle est mineure et que vous ne pouvez pas l'épouser sans mon consentement ?

— C'est la raison de ma présence.

— Monsieur, vous avez eu tort de venir jusqu'ici. Vous auriez pu vous épargner cette peine. J'ai interdit à ma fille d'épouser qui que ce soit. J'ai interdit à tous mes enfants de se marier. Si l'un d'eux envisageait de passer outre, il sait que je le déshériterais, qu'il ne toucherait pas un centime des revenus de l'entreprise familiale et qu'il devrait vivre jusqu'à la fin de ses jours hors de ma vue. Ma fille ne vous a pas prévenu ? Ou pensiez-vous avoir droit à un traitement de faveur parce que vous êtes un *moun' bleu* ?

Oui, j'ai engendré sept sang-mêlé – des *chapé-coolies* dont je n'ai pas, et pour cause, épousé la mère. Mais il ne sera pas dit que j'aurai laissé s'éteindre notre race. J'ai fait fructifier la terre de mes ancêtres, j'ai développé l'entreprise familiale, j'ai assuré l'avenir de mes enfants grâce à un patrimoine confortable. Maintenant c'est à eux de réparer ce qu'a fait leur mère : noircir notre famille. Les Saint-Sulpice ont le devoir de ne pas avoir de descendance, de sacrifier leur lignée afin de préserver la race blanche. Sacrifier quelques individus n'est rien; il faut couper les branches pourries pour sauver l'arbre. Mes ancêtres ont traversé les mers pour apporter la civilisation à ce pays de sauvages, combattu les Anglais pour garder cette île, importé le bois d'ébène pour faire fructifier la terre. Notre famille appartenait à la noblesse d'Empire. Je ferai tout ce qui est en mon pouvoir pour lui rendre l'honneur des Saint-Sulpice.

Fuyez, Monsieur, si vous avez le moindre bon sens, si vous ne voulez pas être déconsidéré aux yeux de la société! Sinon, votre progéniture de couleur sera la tache indélébile de votre vie.

François est encore bouleversé lorsque, quelques heures plus tard, il rapporte à Césarine les propos de son père. Assis face à elle sur le sofa de son salon, sous le regard de sa gouvernante qui ne perd rien de la conversation, il prend dans ses mains celles de la jeune fille. Il constate qu'elles tremblent, recroquevillées sur le tissu de sa robe en coton blanc. Elle est plus affectée qu'il ne s'y attendait. Lui ne comprend rien à la politique, ni à la stratégie militaire, ni aux équilibres économiques du monde ; mais il sait déceler les qualités humaines d'un homme – ou leur absence.

Ensemble, ils ont décidé d'attendre que Césarine soit majeure pour se marier. Cela fait, ils ont quitté Marie-Galante et se sont installés sur l'île la plus proche, la Martinique.

Ils pensaient qu'ils y seraient heureux, qu'avec le temps et la naissance de leurs enfants – Firmine est arrivée tout de suite – Gaëtan ne mettrait pas ses menaces à exécution.

Ils se trompaient.

## 33

Paula, debout à côté de sa mère et de sa sœur sur le quai de Fort-de-France, semble hésiter à se laisser aller à la liesse générale. Elle ne sourit pas, elle ne dévisage pas les passagers qui débarquent un à un du bateau. Les uns sont chargés de valises ou de paquets, les autres tiennent fermement leurs enfants par la main de peur qu'ils ne basculent par-dessus la passerelle en fer qui relie le navire au ponton.

Violaine et sa mère se réjouissent de revoir enfin leur chère Mimoune. La levée du blocus a récemment permis au trafic maritime de reprendre. On a d'abord autorisé la circulation des marchandises puis, quelques mois plus tard, celle des personnes. Depuis combien d'années ne l'ont-elles pas vue ?

Paula connaît la réponse. Quatorze ans. Environ.

À bien y réfléchir, c'était peut-être moins que cela, puisque la levée du blocus a eu lieu en 1943. Mais le temps lui a paru si long !

Elle est dévorée d'appréhension, comme un mal de tête violent qui l'empêcherait de penser. Qui sait si, après tant d'années d'absence, elle va retrouver sa tante telle qu'elle est dans son souvenir ? Si la tendresse de celle qui avait remplacé sa mère, s'efforçant d'atténuer son chagrin et de la protéger de ses autres tantes, sera intacte ? Les déchirements familiaux pouvaient avoir laissé des traces dans le cœur de Mimoune et remplacé son affection par une dureté nouvelle.

Sa crainte ne dure que le temps de l'attente. Dès que Mimoune, dont le visage s'est creusé de profonds sillons de part et d'autre du nez et dont les cheveux ont blanchi, la prend dans ses bras, Paula éclate en sanglots. Elle est redevenue la pie-grièche de son enfance et cette enfance vient de s'engouffrer dans l'odeur de l'eau de toilette de sa tante. Une odeur orientale à base de vanille, de rose et de jasmin, à laquelle ne manque que la douceur des pâtisseries sucrées dont l'une et l'autre, découvriront-elles par la suite, raffolent.

Césarine, que les larmes de sa fille dérangent, interrompt leurs effusions. « Cesse de faire ces simagrées », dit-elle à Paula qui s'arrache aussitôt des bras de Mimoune. Césarine s'enquiert des bagages de sa sœur, de sa fatigue, de sa longue traversée. Depuis son départ de France, Mimoune a fait plusieurs escales, dont la dernière en Amérique du Sud.

Paula n'a soudain plus envie de regagner son minuscule logement dans l'hôpital. Elle veut passer du temps en famille, dans la maison du Macabou où Mimoune s'apprête à s'installer pour plusieurs semaines. « Mais où dormiras-tu ? »

interroge Violaine. « Dans le deuxième lit de la chambre de Judde, si Mimoune n'y voit pas d'inconvénient », répond-elle en coulant vers celle-ci un regard presque suppliant.

Mimoune acquiesce et Paula prend l'habitude de revenir au Macabou pour profiter de sa tante chaque fois que son planning le lui permet.

C'est le début d'une longue période sinon de bonheur – Paula n'est pas douée pour le bonheur, d'ailleurs qui l'est dans cette famille ? –, du moins d'accalmie dans le malheur et de trêve dans le conflit larvé auquel mère et filles se livrent depuis des années. Mimoune apporte dans la monotonie de leur existence, faite de routines et de contraintes, un peu d'air frais venu de l'extérieur. Comme s'ils avaient enfin ouvert les fenêtres de la maison pour laisser entrer bien plus que la brise marine, une atmosphère joyeuse règne au Macabou.

Pendant des semaines, la maisonnée résonne du bruit des conversations entre sa mère et sa tante, auxquelles son père se mêle souvent. En présence de Mimoune, si calme et si profondément humaine, il sort de sa réserve. Mimoune est l'exact opposé de sa sœur qui assiste, ébahie, aux anecdotes que raconte son mari au sujet de son travail et qui les font toutes les deux rire aux éclats. Comme la fois où un habitant de Grand-Rivière l'a appelé – après tout, n'est-il pas gendarme ? – pour déloger un trigonocéphale égaré. Le dangereux serpent, terreur de la population, s'était aventuré au-delà de la forêt tropicale et réfugié dans un arbre de son jardin.

Son père se souvient aussi des airs d'opéra qu'il chantait autrefois. Il ne se fait pas prier pour se donner en spectacle, en particulier les soirs où Paula et Violaine sont présentes. Les quatre femmes se tiennent sur la terrasse, enveloppées par la douce lueur des bougies. Lorsqu'il entame l'air de *La Traviata*, des frissons parcourent tout le corps de Paula. Son père, cet homme si effacé, possède une magnifique voix de basse, chaude et enveloppante. Une voix qui semble capable de couvrir tous les registres de l'émotion, lui qui n'en manifeste jamais aucune.

# 34

Paula s'installe parfois sous la maison, dont la terrasse et le rez-de-chaussée sont surélevés, pour fumer tranquillement une cigarette. Dans cet espace carrelé et ouvert, situé à l'abri des regards, elle est à la fois protégée du soleil et des sollicitations incessantes de sa mère. Elle entend les conversations qui se déroulent dans le jardin, comme à Marie-Galante lorsqu'elle était enfant.

Elle surprend un jour une discussion entre sa mère et sa tante, alors qu'elles croient être seules dans le jardin. Judde, dont ils sont sans nouvelles depuis plusieurs mois, a été fait prisonnier. Il est dans un camp surveillé par les Allemands, le Frontstalag 17. Situé près de Vesoul, c'est celui où les Allemands regroupent les combattants venus des colonies. Comme Judde, ils appartiennent à la 1re DFL – la Division française libre, fleuron de l'Armée française de la Libération issue de la fusion entre les Forces françaises libres et l'Armée d'Afrique.

Le reverra-t-elle jamais ? J'aurais dû, se reproche Paula à maintes reprises. J'aurais dû. Mais jamais elle n'a eu le courage de s'interposer lorsque ses tantes, après le départ de Mimoune, battaient son petit frère à coups de ceinturon. Un enfant de cinq ans ! Ce sont elles, Louise et Rosette, qui ont fait de Judde un rebelle, un dissident qu'elle ne reverra peut-être jamais. Les souvenirs qu'elle a effacés de sa mémoire refont surface tel un sous-marin dont seul émerge, dans un premier temps, le périscope avant que le reste de l'appareil ne fende avec tumulte la surface de l'eau.

Judde se cachant sous la table puis cherchant à s'enfuir ; Judde rattrapé par l'une ou l'autre de ses tantes puis tenu fermement par le bras ; Judde hurlant de douleur ; Judde titubant sur ses petites jambes striées de longues traînées violacées ; Judde s'endormant dans son lit, épuisé d'avoir tant pleuré. Et elles, Violaine et Paula, se bouchant les oreilles et fermant les yeux pour éviter de sombrer avec lui dans le cauchemar.

Pendant plusieurs semaines, Paula se tient éloignée de la maison du Macabou, redoutant de devoir faire face à des nouvelles encore plus mauvaises. Lorsqu'elle y revient un week-end de juin, l'atmosphère a changé. Mimoune ne fait plus rire personne. Les fenêtres de leur vie semblent s'être refermées, coupant court à toute fraîcheur. Un air vicié y circule de nouveau, comme au temps de son enfance à Grand-Bourg.

Seule Violaine, qui mène une existence radicalement différente de la sienne, semble ne s'être aperçue de rien, résolue à profiter de sa jeunesse.

# 35

Violaine est une jeune fille insouciante et perpétuellement d'humeur joyeuse en dépit des circonstances. À moins que ce ne soit justement à cause de celles-ci que, du haut de ses dix-neuf ans, elle saisisse toutes les occasions de s'amuser.

Elle sort d'autant plus facilement que ses talents de couturière lui permettent d'être élégante à moindres frais. Elle virevolte sous les yeux des clientes de Madame Estelle tantôt dans des jupes évasées qu'elle a raccourcies pour qu'elles dépassent à peine ses genoux, la taille serrée dans de larges ceintures du même tissu que les jupes, tantôt dans des robes de soirée aux décolletés provocants. Violaine travaille dans l'atelier de couture de celle qui est considérée comme *la* couturière de ces dames, épouses et filles de planteurs ou de fonctionnaires venus de France. Malgré la pénurie de tissus, sa boutique ne désemplit pas.

Tous les parents sont préoccupés par le sort que la guerre réserve à leurs fils. En revanche, les filles sont moins surveillées qu'avant. L'urgence de leur trouver un mari passe provisoirement au second plan. Libérées de la tutelle parentale

– maternelle surtout –, elles se permettent, malgré les privations matérielles, de faire en temps de guerre ce qu'elles n'auraient même pas envisagé en temps de paix.

Violaine, comme ses amies, en profite. Elle prétend régulièrement qu'elle va passer la soirée – parfois la nuit – chez une camarade ou une collègue de travail. En réalité, elle rejoint un groupe de jeunes gens avec lesquels elle participe à des *swaré bèlè*. Ou elle assiste à des démonstrations de *danmyé*, un art martial rythmé par le son des tambours. Ils se rendent dans une vieille voiture au fin fond des mornes, en pleine campagne. Les villageois s'y réunissent pour écouter les musiciens – dont plusieurs ont déjà un certain âge – battre le *tambour bèlè* ou le *tibwa*. Le lieu de la soirée est tenu secret jusqu'au dernier moment. Les spectateurs balancent les épaules, les hanches ou la tête au rythme de la musique, ponctuent du pied la pulsation ou forment le chœur pour donner la réplique au chanteur.

D'autres fois, Violaine et ses amis se rendent dans un appartement en ville, à Fort-de-France, ou sur la plage de l'Ansc-Noire dont l'accès difficile – un escalier de cent trente marches à descendre puis à remonter – constitue une véritable expédition nocturne. Les jeunes musiciens y transportent leurs saxophones et leurs clarinettes, ce que les villageois ne peuvent pas faire avec leurs énormes tambours.

Hippolyte, le saxophoniste propriétaire du Caraïb' Club, où Violaine et ses amis se rendent parfois, est presque toujours de la partie. Ils improvisent au bord de l'eau un concert de biguine ou de jazz, cette nouvelle musique rendue responsable par la Croix-Rouge américaine de nombreux cas de crises nerveuses ! Ils en rient encore, eux qui défendent la coexistence pacifique du jazz avec la musique traditionnelle des Antilles.

Parfois, Hippolyte vient avec le Groupe folklorique martiniquais qui vient de recruter un jeune chanteur du nom de Loulou Boislaville. Celui-ci leur fait chanter *Ba moin an tibo*, sa chanson fétiche, qui deviendra par la suite une sorte d'hymne local. Ils dansent la biguine ou le calypso, pieds nus dans le sable, oubliant le temps d'une soirée qu'ils ont le ventre vide, un frère ou un père parti faire la guerre en France ou ailleurs en Europe, une grand-mère ou une voisine soudain devenue veuve.

Les békés sont peu nombreux dans ces soirées où la plupart des participants honorent leurs racines africaines. Mais le sang mêlé de Violaine bouillonne dans son corps malgré la blancheur de sa peau. Elle danse comme les autres et, pour la première fois, elle se sent soulevée de terre par la vie, en proie à une soif absolue d'amour. Un amour d'autant plus fort qu'il est vécu de part et d'autre dans le plus grand secret – du moins le croit-elle.

Violaine sait qu'Hippolyte n'est pas de ceux que sa mère rêve de la voir épouser. Mais elle s'en fiche, cet été-là, de ce que pense sa mère. Cela la fait même rire, de penser que non seulement elle a un amant, mais que celui-ci n'est pas du tout *convenable* aux yeux de ses parents. Elle se sent forte, presque invincible. Elle a osé jeter par-dessus bord les interdits parentaux. Elle n'a que faire de l'argent, de la couleur de la peau ou de la sexualité hors mariage, tous ces préjugés que leur mère leur a inculqués dès leur plus jeune âge. Son avenir est entre ses mains à elle, pas dans celles de sa mère.

# 36

Paula n'est pas dupe des mensonges de Violaine. Évidemment, qu'elle sait, et depuis longtemps ! Quelques allusions imprudentes ont confirmé ses soupçons nés de l'attitude insolente de sa sœur.

Sa façon provocante de s'habiller, sa démarche devenue dansante, ses sourires béats au moindre tintement des bracelets en or qu'elle porte désormais au poignet dévoilent son intimité aussi sûrement que si elle déployait une banderole au sein d'une manifestation, ou qu'elle criait à l'aide d'un mégaphone combien *on* l'aimait, combien *on* prenait soin d'elle, combien *on* la couvrait de cadeaux.

Elle redoute que leur mère ne découvre le secret de Violaine. Quel serait le pire pour elle : que l'amoureux de sa sœur ait la peau noire – Paula n'en revient toujours pas qu'elle ait osé –, ou qu'il tire ses revenus d'un night-club et de concerts ?

Paula connaît la réponse. Qu'une de ses filles soit séduite par un homme de couleur, au risque de donner naissance à des petits métis, a toujours été la hantise de sa mère. Elle ne s'en remettrait pas. Elle serait capable, pour punir Violaine, de l'envoyer en France où, contrairement à Paula, celle-ci n'a aucune envie d'aller.

Paula s'agace parfois du bonheur insolent de sa sœur. Par jalousie ? Un peu, peut-être. Mais surtout parce que sa mère, ne s'apercevant de rien, laisse faire. Elle qui a toujours été si soupçonneuse, obsédée par l'idée que ses filles puissent prendre conscience de leurs charmes ! Elle les veut mariées avant qu'elles ne se sentent belles et désirables. « Si j'apprends que vous avez fait *quelque chose*, je vous mets dehors », menace-t-elle régulièrement Paula, la bannissant d'avance par son vouvoiement.

Paula n'a pas oublié – comment le pourrait-elle ? – ce jour où sa mère l'a emmenée chez le médecin pour un mal de gorge annonciateur d'une énième angine.

Elle devait avoir treize ans.

— Paula est devenue un beau brin de fille, dit le praticien qui l'avait bien connue enfant et ne l'avait pas revue depuis lors.

Cette remarque sincère et spontanée déclencha chez sa mère une litanie de doléances. Il ne fallait pas dire cela. Cette enfant – elle, Paula ! – était suffisamment prétentieuse comme cela, bien qu'elle n'ait aucune raison de l'être. Elle n'était pas particulièrement bonne élève, elle n'avait aucun don, artistique ou autre. Une enfant tout ce qu'il y a de plus banal. Ce n'était pas lui rendre service que de flatter son orgueil.

Surpris, le médecin s'était tu, observant la réaction de Paula du coin de l'œil. Elle n'avait manifesté aucune émotion mais elle avait senti son mal de gorge empirer. Et pour la première fois, elle ne s'était pas effondrée en larmes dans les bras de son père dès le retour à la maison.

À quoi bon ? Il aurait détourné la conversation sur le ton de gaieté forcée qu'il prenait habituellement dans ces circonstances, se sachant impuissant à empêcher sa femme de rabaisser leurs filles. Leur mère déniait à quiconque le droit de leur trouver des qualités, comme s'il lui fallait à tout prix jeter un voile noir sur ce que chacun percevait de leur physique et tuer dans l'œuf les perspectives offertes par celui-ci.

Au dire de leur tante Mimoune, les filles Saint-Sulpice sont de vraies beautés. Elles ont le teint clair, les cheveux légèrement ondulés, et leurs traits, aussi fins que leur taille et leurs chevilles, sont exempts de toute caractéristique *exotique*. Elles sont tout le contraire de leur mère, dont le teint sombre, les cheveux noirs et lisses, les lèvres minces et les yeux de braise attestent d'une origine autre qu'européenne.

Paula, paraît-il, possède aussi une grâce naturelle dans les gestes qui fait ressortir un charme que n'ont pas ses sœurs. De plus, elle est la seule à avoir hérité des yeux bleus du père.

Alors sa mère la dévalorise plus souvent que ses sœurs. Paula a beau se plier à tous ses ordres, se charger de la majorité des tâches ménagères, se taire quelle que soit la violence des propos maternels à son encontre, sa docilité n'est jamais récompensée.

Seul le mariage pourrait éteindre le feu de la rancœur qui brûle dans le cœur de sa mère – à condition bien entendu que Paula épouse un homme de la bonne société.

# 37

Un jour, la vue familière de la façade de l'hôpital ne procure pas à Paula la satisfaction habituelle. Combien, parmi les familles de ses patients, se sont précipités comme elle, la peur au ventre, au chevet d'un proche ? Elle ne s'est jamais souciée d'eux auparavant. Elle les connaît à peine, elle les croise sans les reconnaître dans les longs couloirs verdâtres. Aujourd'hui, elle n'est plus l'infirmière de service. Elle est l'un d'eux.

C'est par Violaine, alors qu'elle se rendait dans la boutique de Madame Estelle à la recherche d'une nouvelle robe, qu'elle a appris la nouvelle. Leur père se trouve à l'hôpital – dans *son* hôpital ! –, gravement blessé après une chute de cheval. Il a voulu éviter un enfant qui traversait sans crier gare dans une rue peu fréquentée de Case-Pilote. Surpris, son cheval s'est cabré et a désarçonné son cavalier.

Il est dans une chambre individuelle. Est-ce un indice de la gravité de son état ? Elle pousse la porte de sa chambre avec une violence inhabituelle. Elle a déjà perdu son réflexe professionnel de regarder par le hublot avant d'entrer.

Elle ne voit tout d'abord que lui, emmailloté de bandages, une jambe maintenue en l'air par une poulie et relié à un monitor qui enregistre ses constantes vitales. Elle s'apprête à s'élancer pour le serrer dans ses bras lorsqu'elle prend conscience de la présence à son chevet d'autres personnes – sa mère et sa sœur aînée, Firmine.

Firmine ? Firmine qui devrait se trouver à Clermont-Ferrand mais qui est arrivée tôt ce matin avec le bateau parti du Havre ? Le bateau qui met dix jours à traverser l'Atlantique !

Ses parents confirment : l'accident a eu lieu dix jours plus tôt.

Et personne n'a jugé bon de la prévenir.

Son père, comme toujours, prend le parti de son épouse. « Elle ne voulait pas t'inquiéter », dit-il en caressant de sa seule main valide les cheveux de sa fille. De même, personne n'a jugé bon d'attendre qu'elle soit là pour discuter avec le chirurgien et avec l'infirmière en chef. Les décisions importantes sont déjà prises. Firmine a tout organisé.

Paula ne devrait pas être étonnée. Que Firmine ait pris les choses en main, qu'elle ait réussi à convaincre leur père de se faire opérer de nouveau en France, est dans l'ordre des choses.

Le fait que Firmine soit infirmière depuis plus longtemps qu'elle n'entre pas en ligne de compte : elle a cessé de travailler à la naissance de son premier enfant.

La seule chose qui compte est que Firmine a toujours été la préférée de leur mère.

Firmine a toujours été dispensée des corvées ménagères auxquelles Violaine et Paula n'ont jamais pu se dérober.

Firmine a obtenu de leur mère l'autorisation de faire ses études en France.

« Firmine est belle », disait leur mère tout en déniant à Violaine, et davantage encore à Paula, le droit de l'être.

Puis Firmine, pour la plus grande joie de sa mère, a épousé Hugues, un saint-cyrien ami de Gabriel.

Et comme si le droit d'aînesse ne lui suffisait pas, Firmine cherche par tous les moyens à se venger de la blessure que Paula lui a involontairement infligée autrefois. Hugues, en effet, a longtemps hésité entre les deux sœurs lorsqu'il vivait en Martinique, lieu de sa première affectation. Il avait pour Paula une attirance presque égale à celle qu'il éprouvait pour Firmine. Malheureusement, il l'a fait savoir à l'une comme à l'autre.

Paula n'a pas été invitée à leur mariage. Le reste de la famille – leurs parents, Judde, Violaine et même Gabriel – a fait le déplacement jusqu'à Clermont-Ferrand où le jeune couple s'est installé. Personne n'a trouvé anormal que Paula renonce à ce voyage pour ne pas interrompre ses études. Seules Firmine et elle savaient ce qu'il en était, de même qu'elles sont seules à savoir pourquoi, à vingt-cinq ans, elle est encore célibataire.

Cela avait commencé bien avant que l'une et l'autre ne fassent la connaissance d'Hugues.

Cela avait commencé avec Désiré, le jeune officier dont Firmine était amoureuse et qui, lui, voulait épouser Paula. Elle avait à peine dix-sept ans. Leur mère estimait – à juste titre, puisque par la suite il devint général – que Désiré était un beau parti. Elle réussit tout d'abord à convaincre Paula d'accepter ce mariage, provoquant sans le savoir l'amertume de Firmine qui, elle, n'aurait pas hésité une seconde. Ils se fiancèrent.

Mais Paula n'aimait pas Désiré. La jalousie de Firmine monta d'un cran lorsque ce dernier fit une tentative de suicide après que Paula lui eut renvoyé sa bague de fiançailles.

Ensuite, il y avait eu Gaspard, le jeune magistrat qui la courtisait avec douceur et patience. À celui-là, Paula aurait dit oui tout de suite. Mais Firmine veillait. Un jour, Gaspard se présenta chez eux à l'improviste, espérant faire une bonne surprise à Paula qui, malheureusement, était sortie. Firmine lui ouvrit la porte.

— Paula n'est pas là, dit-elle. De toute façon, vous perdez votre temps. Elle est fiancée.

Paula ne sut que des années plus tard pourquoi Gaspard avait brusquement disparu de sa vie.

Maintenant encore, malgré la distance qui les sépare – la largeur de l'océan Atlantique –, Firmine distille des informations troublantes et perfides sur Paula par l'intermédiaire des amis avec lesquels elle entretient une abondante correspondance. Tant de jalousie et de rancœur – ciment d'un monde disloqué ? – entre femmes d'une même famille aura consumé Paula durant des décennies.

# 38

L'immense paquebot se dresse sur le quai de Fort-de-France. Paula, serrée contre Violaine au milieu de la foule compacte, détaille le navire plus haut qu'un immeuble à côté duquel les gens sur le quai ne sont que de minuscules fourmis. Les deux cheminées, rouges à la base et noires sur le dernier tiers de leur hauteur, les écrasent de toute leur puissance.

Des canots de sauvetage occupent le pont supérieur. D'énormes bouées blanches sur lesquelles est inscrit le nom du paquebot sont accrochées à la verticale sur les murs des coursives. Elles sont si larges qu'un petit garçon noir d'environ trois ans s'est assis sur le bord de l'une d'elles, comme sur un petit siège. Il regarde d'un air triste la femme blanche, debout derrière lui, qui porte dans ses bras un enfant plus jeune encore : une petite fille métisse en robe blanche brodée et aux grands yeux écarquillés. Une autre fillette du même âge que le garçon, vêtue de la même robe blanche que sa sœur, fixe la foule sur le quai, à la recherche de ceux qu'ils vont laisser derrière eux.

Le *Colombie* est prêt à appareiller. La liaison régulière entre la France et les Antilles n'a repris que depuis le mois d'août – oui, la guerre est terminée depuis plus d'un an – après plusieurs années d'interruption. La Compagnie générale transatlantique, la *French Line*, comme on l'appelle de l'autre côté de l'Atlantique, est fière d'avoir récupéré le fleuron de sa flotte – cent cinquante-cinq mètres de long et vingt de large. Il avait été réquisitionné au début de la guerre pour être transformé en croiseur auxiliaire, puis utilisé par les Américains comme navire-hôpital.

Le cœur de Paula se serre. Elle aimerait tant partir, elle aussi ! Elle redoute la solitude qui l'attend. Elle ignore encore que lorsqu'elle partira à son tour elle aura, comme tous les autres, la nostalgie du pays.

La passerelle métallique en pente raide a avalé sa famille, désormais dans les entrailles du mastodonte. Césarine et Mimoune apparaissent, accoudées au bastingage. Elles agitent le bras dans leur direction, un grand sourire aux lèvres. À leurs côtés, Firmine, le visage sérieux, les cherche des yeux.

Leur père, lui, n'apparaît pas sur le pont. Une ambulance l'a transporté tôt ce matin et on l'a installé le plus confortablement possible dans la cabine qu'il partage avec leur mère. Il ne verra de la traversée que ce que le hublot lui renverra : les vagues, l'horizon, un coin de ciel. Mais il ne verra ni les passagers, ni la salle de restaurant, ni les différents ponts avec les chaises longues et les couvertures mises à disposition des passagers. Il ne profitera pas non plus de la piscine intérieure. Il restera couché durant tout le voyage. Firmine s'occupera de refaire ses pansements, de redresser ses oreillers, de surveiller sa température. À l'arrivée au Havre, un véhicule médicalisé l'attendra pour le conduire à Paris où un chirurgien de l'hôpital Cochin l'opérera de nouveau pour tenter de sauver sa jambe, désormais atteinte par la gangrène.

Mimoune hébergera sa sœur le temps qu'il faudra, heureuse de lui rendre son hospitalité, bien décidée à la décharger de toute corvée afin qu'elle puisse se consacrer à la convalescence de son mari.

Quand reviendront-ils ? Aucune idée. Ne pas pleurer. Plus jamais. La sirène du navire retentit et les cheminées crachent une vapeur noirâtre. Ce n'est qu'une page de sa vie qui se tourne, pense Paula. La main de Violaine se glisse dans la sienne. Elle la serre aussi fort qu'elle peut, la gorge nouée, le regard fixé vers sa jeunesse qui s'éloigne avec le *Colombie*.

*Un matin, je décidai de visionner les films que Jean-Bernard m'avait transmis après ma première rencontre avec sa mère. Il avait refusé de m'en révéler le contenu. « Tu verras », avait-il dit.*

*C'était deux archives de l'ORTF, l'Office de radiodiffusion-télévision française, datant de 1974. Je ne peux pas dire que je la reconnus sur ce film en noir en blanc. À l'époque, elle avait cinquante ans mais elle en paraissait à peine quarante. Elle avait beaucoup de charme : des traits réguliers, des cheveux ondulés de couleur châtain, des yeux très clairs qu'elle baissait fréquemment en parlant, par pudeur, par gêne aussi de dévoiler publiquement son intimité. De temps à autre elle levait vers la caméra un regard chaviré d'effroi devant sa propre témérité et de tristesse face au constat de ce qu'avait été sa vie d'épouse. Les premières images étaient en gros plan. Puis la caméra prenait du recul et on la voyait, vêtue d'un pull et d'une jupe en laine droite, assise jambes croisées sur le bord d'un canapé comme si elle effectuait une visite de politesse.*

*En revanche, le timbre de sa voix me fut tout de suite familier malgré les grésillements dus à la prise de son – à l'époque, on ne savait pas supprimer les bruits en arrière-plan. Mais sa voix tremblait. Elle hésitait, cherchait ses mots, se reprenait, submergée par l'émotion. Puis, à mesure qu'elle parlait, sa voix devenait plus ferme et elle finit par dérouler les faits, rien que les faits, dans un récit glaçant.*

*Le film durait exactement cinq minutes – cinq minutes d'une intensité poignante.*

*Le second film était la suite du précédent : même durée, même émission, même réalisateur, même tenue, même canapé. La voix tremblante et les hésitations du premier avaient peu à peu disparu et c'est d'une voix presque ferme qu'elle expliquait en quoi son divorce avait été un parcours semé d'obstacles et d'injustices. On percevait sous sa douceur et son charme une colère froide que son caractère et sa bonne éducation l'empêchaient d'exprimer plus violemment. Elle ne se permit, à la fin, qu'une seule revendication. Évoquant le fait que son ex-mari ne lui versait pas de pension alimentaire alors qu'elle avait trois enfants à nourrir, elle dit : « Il est tout de même scandaleux que mon mari ait disparu dans la nature, se soit mis au chômage et qu'on ne puisse pas le retrouver, qu'on ne puisse trouver aucun organisme qui se charge de retrouver ce genre d'homme qui échappe à tout. La procédure est tellement longue ! C'est le reproche que je fais à la justice : tout est trop long. »*

*Nous étions en 1974. J'essayai de me replacer dans le contexte de l'époque pour comprendre comment on pouvait présenter comme le récit d'un mariage raté ce qui était manifestement le récit de bien autre chose que la malchance ou le mauvais choix suggérés. Les femmes françaises n'avaient le droit de voter que depuis 1944 ; le droit de travailler sans l'autorisation de leur époux, ou d'ouvrir leur propre compte bancaire, que depuis 1965 ; le droit de recourir à la contraception que depuis 1967 ; le droit à l'autorité parentale, en remplacement de la puissance paternelle, que depuis 1970. En 1974, ni le droit à l'avortement ni le divorce par consentement mutuel n'avaient été votés. Ils le seraient un an plus tard. Le témoignage de Paula était l'illustration parfaite de la nécessité de modifier les lois matrimoniales.*

*On en était donc encore au divorce pour faute, loin de la garde alternée des enfants et de la déjudiciarisation du divorce, lorsque celui de Paula fut prononcé après des années de procédure.*

*J'ignore où ces deux films ont été diffusés, à la télévision ou dans des salles de cinéma, ni même s'ils l'ont été.*

*Pas une plainte n'était sortie de sa bouche durant ces dix minutes. Elle s'appliquait à témoigner pour la première fois de sa vie, mais non la dernière. Elle était restée droite et digne au bord du canapé, faisant face courageusement à toute une équipe – caméraman, preneur de son, réalisateur, journaliste – en train de filmer et d'enregistrer sa vie en lambeaux.*

# 39

C'est arrivé sans prévenir. Elle était en train de confectionner une tarte aux pommes pour le goûter des enfants lorsque l'évidence s'est imposée à elle. Une évidence telle qu'elle en a eu le souffle coupé. Tout était déjà là, à portée de main, recouvert de couches de silence plus épaisses que la poussière d'un grenier.

Elle n'était même pas en train de penser à lui. Elle pensait à sa tarte aux pommes, au sucre qu'elle allait devoir quémander auprès de la voisine, une fois de plus, mais aussi au plaisir des garçons qui raffolaient de ses tartes. Bien sûr, elles étaient sans beurre, mais tout de même délicieuses. Et brusquement, cela lui a sauté à la figure avec une brutalité animale.

Elle s'essuie les mains sur un torchon propre qu'elle sort du placard sous l'évier puis ouvre machinalement la porte du frigidaire. Il aurait besoin d'un bon nettoyage. En fait, non, visiblement il est propre et pratiquement vide. L'étagère à provisions aussi, d'ailleurs. On voit la peinture du mur qui s'écaille, pense-t-elle. Il faut qu'elle fasse des courses. Du riz, du vinaigre, du poisson en conserve – ils ont fini la dernière boîte hier soir –, du pain. Ne pas oublier non plus de passer à la mercerie cet après-midi. Mais elle a aussi un tas de chemises à repasser. Elle n'aura pas le temps de finir avant que les enfants reviennent de l'école. Ni avant qu'il rentre d'Essaouira.

Son cœur bat la chamade, mais cela n'a rien à voir avec les taches du sang qui apparaissent sur son torchon. Elle s'est coupée sans même s'en apercevoir. De toute façon, elle a déjà vu des blessures bien pires que celle-là. C'est d'ailleurs ce qu'elle aime dans son travail : panser les plaies, désinfecter les blessures, surveiller la consolidation des fractures, atténuer la douleur des coups et des bosses dont elle sait par expérience qu'ils sont souvent la manifestation des bleus de l'âme. Non, rien à voir.

Elle a commis une erreur : elle n'aurait pas dû l'épouser. Voilà, c'est dit. Elle a un peu moins peur, comme si elle apprivoisait doucement l'animal. Les battements de son cœur s'apaisent, sa respiration reprend un rythme normal.

Elle n'éprouve aucune colère contre lui. À quelle source aurait-elle puisé l'énergie nécessaire ? Quels souvenirs lui auraient donné la force de se rebeller ? Il est le seul homme que la malveillance de Firmine, toujours prête à faire fuir les prétendants de sa sœur, n'a pas atteint.

Paula vivait chez Firmine lorsqu'elle l'a rencontré. En quittant la Martinique sans autre projet que celui de vivre en France, il lui a semblé naturel de s'installer chez sa sœur, à Clermont-Ferrand.

On lui a promis une place d'infirmière à l'Hôtel-Dieu. En attendant, elle met sa vie entre parenthèses. Elle gère la vie quotidienne de toute la famille. Elle s'occupe de ses nièces, qu'elle emmène à l'école tous les matins. Elle tient la maison de sa sœur comme leur mère le lui a appris. Elle fait le ménage, les courses et la cuisine. Elle est à la fois la gouvernante, la femme de ménage et la cuisinière de sa sœur.

Firmine, pendant ce temps, se prélasse en peignoir dans la maison, préoccupée uniquement de ses rendez-vous chez le coiffeur, chez l'esthéticienne ou au salon de thé avec son amie Denise. Seules les soirées au cours desquelles Paula converse avec Hugues, son beau-frère, lui apportent quelques satisfactions. Lui, au moins, la traite d'égale à égal.

Arrivent des jours meilleurs. Quelques mois dans le service des maladies infectieuses – c'est presque devenu sa spécialité – de l'Hôtel-Dieu, et la voilà qui grimpe les échelons. Elle se sait appréciée de sa hiérarchie : déterminée, efficace, capable de prendre rapidement les bonnes décisions tout en sachant rester à sa place pour ne pas empiéter sur les prérogatives des médecins. Tant et si bien qu'on lui propose bientôt de prendre la direction d'un petit établissement dépendant de l'hôpital mais situé à la périphérie de la ville : une maison maternelle.

Une trentaine de filles-mères ou de jeunes filles sur le point d'accoucher, une sage-femme, deux infirmières, deux puéricultrices, une secrétaire, du personnel de service : tout un monde à gérer avec l'autorité que lui confère sa fonction. Et elle ne s'en prive pas, d'user d'autorité. Les chambres des pensionnaires sont d'une propreté impeccable, la salle d'accouchement est désinfectée chaque jour de fond en comble, les visites sont interdites à l'exception de celles du prêtre. Le travail manuel – ateliers de couture, de broderie, de réfection de fauteuils – est obligatoire car les filles doivent trouver une place dès leur sortie. Les dossiers d'état civil et d'adoption sont toujours en règle. Ses collègues l'accusent d'intransigeance, voire d'autoritarisme ; mais ce sont elles qui manquent de conscience professionnelle. Elle estime que son haut niveau d'exigence est une qualité. Et puis l'hôpital et la préfecture, avec laquelle sont gérées les adoptions, apprécient son travail, alors cela lui donne confiance en elle.

Seul la préoccupe le sort incertain de ces tout petits bébés qui n'ont pas demandé à naître. Elle les sent avides de tendresse lorsqu'elle tient dans ses bras leurs petits corps si doux et si chauds. De temps en temps elle change leurs couches, elle les emmaillote dans un lange, leur enfile leurs minuscules vêtements avant de les déposer, à regret, dans les bras de leurs mères.

## 40

Il ressemble au portrait gravé qui figure sur la première page de *Faust.*

Paula ne fait le rapprochement que longtemps après, le jour où elle tombe par hasard sur son sosie. Elle feuilletait un livre d'art dans une librairie parisienne et elle a sursauté en découvrant une gravure de Delacroix. Méphistophélès, l'incarnation du diable ! C'est bien lui qui illustrait le livre de Goethe qu'elle a lu il y a très longtemps, révulsée par ce docteur Faust vendant son âme au diable en échange d'une seconde vie.

C'est bien à lui que ressemble celui qu'elle a épousé. Un homme grand et maigre, à la barbe taillée en bouc, au nez long et pointu. Et dans ses yeux perçants, des éclairs de colère qui fusent en permanence.

Le prêtre – le seul qu'ils aient réussi à trouver en cette veille de Pentecôte où de nombreux jeunes s'apprêtaient à faire leur communion solennelle – était d'âge respectable.

Pourtant, il a compris bien avant elle, sans qu'elle sache comment, quel avenir se dessinait pour elle. Il craignait, a-t-il dit à sa mère lors de la courte visite que celle-ci lui a faite un jour où William était absent, que le passé du futur marié ne soit un handicap pour le jeune couple.

Césarine ne lui en a rien dit. C'est à elle, et non à sa mère, que le prêtre aurait dû s'adresser. Si seulement il l'avait fait !

Ses premiers doutes, qu'elle a résolument étouffés, datent du jour où il a dessiné sa robe. Enfin, plutôt esquissé une ébauche de ce qui était pour lui la robe de mariée idéale. Il ne lui a pas demandé son avis. Le tissu, la longueur de la robe, la coupe – il a tout décidé seul. Chacune des suggestions de Paula, chacune de ses objections, chacun de ses désirs a été rejeté. Ensuite, il a fait venir une couturière qui a confectionné la robe selon ses indications à lui. Elle s'est donc mariée dans une robe en satin couleur ivoire, à mi-chemin entre un costume de théâtre et une reconstitution historique. Avec un grand col relevé derrière la nuque et des manches bouffantes à la façon de Marie Stuart, la reine d'Écosse.

Heureusement, personne ne l'a vue dans cet accoutrement ridicule. Personne n'a assisté à son mariage dans la petite église de Gallardon, une commune d'Eure-et-Loir que William avait choisie parce qu'il en connaissait le maire. Aucun membre de la famille de Clarke – ils résident tous à Nice –, aucun membre de sa famille à elle.

Paula ne les a pas invités, comme si elle n'était pas certaine que son propre mariage aurait lieu. La perspective d'être bientôt la femme de W. lui semblait tellement irréelle !

De toute façon, ils ne seraient pas venus, se dit-elle par la suite. Ses parents et Violaine étaient en Martinique, Judde, fidèle à l'armée française, se trouvait en Indochine, Gabriel cloîtré dans son couvent. Seule Firmine serait peut-être venue. Mais c'est justement celle que Paula ne veut pas voir. Firmine aurait eu vite fait de pointer avec un plaisir pervers les signes annonciateurs de désastres futurs : sa robe incongrue, les témoins qu'elle aurait dit « ramassés dans la rue », l'absence d'amis ainsi que du traditionnel sourire, rayonnant de bonheur, sur le visage des mariés. Paula se serait sentie, une fois de plus, humiliée par son aînée.

Leurs témoins sont deux employés de la mairie rencontrés le matin même, lors de la cérémonie civile. Un homme et une femme surpris de voir de si beaux jeunes gens si peu entourés en ce jour censé être le plus beau de leur vie. Il n'y a pas non plus de vin d'honneur, encore moins de repas de noces avec pièce montée et toutes ces choses ridicules dont on se souvient par la suite avec nostalgie. Le photographe du quartier a néanmoins été contacté pour immortaliser l'instant en une dizaine de photos, pas plus. Et en guise de voyage de noces, ils ont simplement déménagé là où ils vivent actuellement : à Rabat.

## 41

Les paysages arides du Maroc la surprennent. Paula constate qu'elle respire mieux dans cette chaleur sèche que dans la moiteur étouffante des tropiques, sauf lorsque souffle le vent chaud venu du Sahara, bien plus désagréable que la fraîcheur des alizés.

Elle retrouve un peu de son pays dans les palmiers et les bougainvilliers plantés en bordure des routes, dans les flamboyants, les hibiscus et les lauriers-roses qui ornent les jardins et les parcs. Elle sent que la mer est là, toute proche, même si elle ne s'aventure que rarement sur la plage.

À vingt-sept ans, une nouvelle vie l'attend : *sa* vie, enfin. Elle en a fini avec les injonctions maternelles à se trouver un mari, à apprendre à tenir une maison. Elle en a fini avec les ordres donnés par sa sœur. Croit-elle. Elle se berce de l'illusion qu'être une femme mariée est l'aboutissement d'un rêve – presque une réussite.

Mais le Prince charmant qu'elle a cru épouser a rapidement chuté de son piédestal.

Paula envierait presque Sourya, sa voisine.

Sourya est une femme d'âge mûr dont la couleur orange des cheveux et des mains trahit les séances de henné qu'elle fait régulièrement pour masquer ses cheveux blancs.

Elle se répand souvent en invectives contre son mari qui la bat. Elle déverse auprès de ses amies une colère tantôt sourde, tantôt éruptive comme un volcan, tantôt gonflée de mépris, dernier rempart des femmes humiliées avant leur propre effondrement. Jeter le bébé avec l'eau du bain est une stratégie bien rodée par des générations de femmes dont la déception est à la hauteur des illusions qu'elles ont nourries.

Ahmed était un jeune homme tendre et attentionné. Sourya ne le reconnaît pas dans l'homme brutal et amer qui partage sa vie. Ces après-midi où, autour d'un verre de thé à la menthe et d'une assiette de pâtisseries au miel et à l'amande, ses amies l'écoutent décharger sa rancœur et la réconfortent allègent son fardeau, dit-elle.

Malgré l'insistance de Sourya, Paula refuse de se joindre à elles, de participer à ce déballage indécent d'intimité et de gémissements. Jamais elle ne se plaint, ni auprès de ses proches ni – il ne manquerait plus que cela ! – auprès de ses voisines. Elle aurait honte d'afficher ouvertement l'échec de son mariage. Tant que personne ne sait, cela n'est pas réel. Elle peut garder la tête haute, ravaler ses larmes et compatir aux malheurs de Sourya. Elle n'est pas concernée.

À la différence d'Ahmed, W. ne s'est jamais comporté autrement que comme il le fait aujourd'hui. Mais elle a refusé d'ouvrir les yeux – elle l'admet –, trop éblouie par la vision d'elle-même s'avançant vers l'autel dans sa robe de mariée.

Il ne supporte pas qu'elle ait les cheveux lâchés sur les épaules. Elle doit les enrouler en un chignon sage maintenu par des épingles ou, mieux encore, par une résille noire. Il trouve cela très chic. À la rigueur, elle a droit à un large bandeau, noir lui aussi, qui lui couvre les oreilles et rehausse la blondeur de ses cheveux. C'est tout. Aucune autre coiffure ne lui est permise. Un jour, elle s'est fait faire des boucles chez le coiffeur en prévision du bal où ils devaient se rendre.

— Ce n'est pas carnaval. Défaites-moi ça, sinon vous ne venez pas.

Paula apporte un soin extrême à la tenue qu'elle enfile le matin. Elle n'a pas droit à l'erreur de ce côté-là non plus. Aujourd'hui elle porte une jupe droite, un chemisier à manches longues pour masquer ses bras nus, des chaussures à talons plats. Les talons hauts – il en contrôle lui-même la hauteur – sont réservés à certaines soirées : celles où il décide qu'elle doit l'accompagner, le plus souvent pour montrer à ses supérieurs à quel point sa jeune épouse est ravissante. Dans ces occasions, il choisit lui-même les bijoux qu'il veut la voir porter. Elle en a peu – un collier et un bracelet en or qui lui viennent de sa mère, deux ou trois paires de boucles d'oreilles, dont une en perles véritables qu'il lui a offerte.

Par chance, W. ne vit avec eux, à Rabat, que durant deux semaines tous les deux mois. Le reste du temps, il habite à proximité du chantier d'Essaouira, à cinq cents kilomètres de là. Il est ingénieur colonial des Ponts et Chaussées. Après avoir commencé sa carrière dans les travaux publics en outre-mer, il a été embauché par une grande compagnie minière propriétaire de forages dans le monde entier, dont celui d'Essaouira.

## 42

Leur première rencontre ? Elle n'est pas sûre du lieu (était-ce à Clermont-Ferrand ou ailleurs ?) ni des circonstances (qui les a présentés l'un à l'autre ?). Elle n'est d'ailleurs pas sûre d'avoir envie de se souvenir du moment où elle a succombé à W.

Elle ne l'appelle plus que par l'initiale de son prénom. Au début de leur relation, il lui a demandé de l'appeler Willy. Il trouvait cela plus affectueux que William. Mais elle n'a jamais pu, d'autant que cette marque de familiarité serait restée sans réciprocité. Comment aurait-il pu l'appeler autrement que Paula ? Paulette ? Déçu, il lui a alors imposé une forme de distance que, par la suite, il a également imposée aux enfants : le vouvoiement. Aujourd'hui encore, ses propres enfants la vouvoient, elle.

Il ne lui a pas caché ses ambitions en lui demandant de l'épouser. Il lui a proposé une existence nomade, de colonie en colonie, au gré des postes qu'il occuperait.

Cela ne l'effraye pas.

Elle partage sa fierté que des hommes comme lui consacrent leurs forces à relever le niveau économique de pays englués dans la misère. Qu'ils construisent des routes, des ponts, des bâtiments administratifs pour fournir du travail à la population, lui assurant ainsi un niveau de vie meilleur. Qu'ils participent à la richesse de ces pays qui ne savent pas exploiter leur propre sous-sol, quand bien même celui-ci regorge de pétrole ou de minéraux précieux. Que des femmes se dévouent pour donner aux enfants, dont la plupart ne savent pas lire, des rudiments d'éducation.

Elle-même espère apporter sa contribution en soignant ces pauvres gens dont le système de santé est à l'agonie. Ses ancêtres, à commencer par son grand-père, n'ont-ils pas, eux aussi, participé à la mission civilisatrice de la France en faisant de Marie-Galante une île à sucre particulièrement prospère ?

Seule la perspective de devoir, à chaque changement d'affectation, s'arracher, elle et leurs futurs enfants, à une maison et à un environnement familier la fait hésiter. Elle décide de rendre visite à son frère aîné.

Le car qui la conduit au couvent de Bordinié ralentit avant d'aborder la côte qui mène au sommet de la colline. D'en bas, on voit la silhouette de la solide bâtisse du XIXe siècle, construite en pierres du pays, se découper sur le ciel pur.

En descendant du car, Paula est saisie par le calme de l'endroit. Les peupliers bruissent doucement de l'air tiède de cette fin d'été. La vue s'étend loin à l'horizon, la campagne est en contrebas, comme étalée à leurs pieds. Instinctivement, les passagers qui descendent avec elle se mettent à chuchoter, anticipant l'atmosphère du couvent. L'entrée de celui-ci, que l'on atteint par un sentier pavé et bordé de fleurs, se trouve à quelques dizaines de mètres.

Paula demande à voir le frère Emmanuel, sans être le moins du monde perturbée par le changement de prénom de son frère. C'est l'usage lorsqu'on entre dans les ordres – un usage dont les visées sont bien différentes de celles de la coutume antillaise. Il est le symbole de la renaissance du novice lors de son engagement auprès de Jésus-Christ.

Celui qui apparaît quelques minutes plus tard, alors qu'elle s'est un peu éloignée pour admirer le cloître, est bien Gabriel. Malgré sa tenue vestimentaire – une robe de bure marron à capuche et des sandales dans lesquelles, comme tous les carmes déchaux, il va pieds nus hiver comme été –, elle le reconnaîtrait n'importe où. Même coupe de cheveux en brosse, mêmes yeux d'un bleu lumineux, même sourire apaisant que dans son souvenir. Mais son regard a changé. Il est d'une telle intensité que Paula frissonne. Gabriel semble voir à travers elle et embrasser sa vie d'un seul coup d'œil. Il semble y lire comme dans un livre ouvert les années de solitude, le besoin d'affection, le tiraillement du doute. Elle n'a encore jamais éprouvé cela. Jamais elle ne s'est sentie comprise et acceptée pour ce qu'elle est d'un seul regard.

Pour ne pas pleurer, Paula se dégage rapidement de ses bras.

Dans la galerie, ils s'asseyent sur le muret qui entoure le cloître, dos à la pelouse impeccablement tondue. Gabriel prend sa main dans les siennes. Ils parlent peu. Ni l'un ni l'autre ne sont bavards. Et puis, à quoi bon ? Gabriel sort une bible de petit format de la poche intérieure de sa robe, la feuillette quelques instants puis la lui tend en disant qu'il la lui donne. Elle y trouvera, en particulier dans le livre de l'Exode, de quoi apaiser ses tourments, quels qu'ils soient. « Cela parle de la rédemption », ajoute-t-il en réponse à sa question.

Aurait-elle des péchés à se faire pardonner ?

Il lui assure que cela n'est pas nécessaire. Que c'est peut-être elle qui a besoin de pardonner à quelqu'un. Ou qui a besoin d'être libérée de quelque chose. Tel est le sens de la rédemption : une délivrance mais également une perspective pour l'avenir. Peut-être a-t-elle perdu l'espoir en même temps que la foi ?

Elle se justifie. Elle n'a jamais perdu la foi. Elle ne pratique plus, c'est tout.

Il ne lui reproche rien. Il veut simplement lui dire que l'espérance grandit à mesure que l'on franchit les étapes de la réconciliation avec le monde et avec soi-même. À mesure que l'on change son regard sur le monde et sur soi-même. Nul besoin d'être chrétien, ni même croyant, pour y parvenir, affirme-t-il.

Gabriel l'emmène au réfectoire du monastère – il a ce privilège, c'est lui le prieur. Ils prennent le thé en silence comme le veut la règle du couvent, attablés l'un en face de l'autre. Les longues tables en bois mises bout à bout peuvent accueillir en même temps tous les moines de la communauté.

Avant que Paula parte, ils font un détour par la chapelle. Elle est en réfection – on y pose de nouveaux vitraux – mais les ouvriers ont terminé leur journée de travail et Gabriel possède la clé.

Les rayons du soleil traversent les morceaux de verre coloré et illuminent l'autel d'une infinie douceur. Ils s'agenouillent côte à côte, unis dans cette élévation de l'âme que procure la prière.

Elle prend sa décision dans le car du retour. Qu'a-t-elle à craindre en épousant William ? Désormais, il existera toujours un lieu d'une stabilité éternelle où elle pourra déposer les valises de sa vie. Elle trouvera toujours du réconfort auprès de l'homme d'une bonté infinie qu'elle se félicite d'avoir pour frère. Elle respire profondément et contemple un long moment le paysage qui défile sous ses yeux. Elle emporte avec elle la sérénité du monastère et de son jardin carré entouré d'arcades. Il sera son point d'ancrage à travers les péripéties d'une vie qui s'annonce d'ores et déjà mouvementée.

# 43

Depuis plusieurs jours, Paula repousse le moment de dire à W. qu'elle est enceinte.

Elle craint sa réaction. Non pas qu'il ne veuille pas d'enfants – il affirme en vouloir beaucoup. Une preuve d'amour, pense-t-elle alors. Quelle naïveté !

Elle désire cette grossesse de toutes ses forces. Elle aime son ventre qui s'arrondit, sa poitrine qui prend de l'ampleur, la vie qui remue doucement en elle. Par chance, elle n'a pas de nausées matinales. Elle aime les regards qui se posent sur son ventre lorsqu'elle marche fièrement sous le soleil de Rabat, un panier à la main, ou lorsqu'un commerçant – plus souvent une commerçante – la félicite de l'heureux événement à venir. Elle n'est plus que cela : une femme enceinte, une future mère. Elle est dispensée de prouver qu'elle n'est pas qu'une bouche à nourrir, dispensée de prouver qu'elle appartient à une respectable famille de békés, dispensée de prouver qu'elle n'est pas une coolie comme sa grand-mère. Pour la première fois de sa vie, elle est dispensée de justifier son identité. Elle *est*, simplement.

L'extase cesse le jour où elle annonce à W. qu'il va être papa. Elle a attendu pour le lui dire qu'il revienne du chantier d'Essaouira et elle se réjouit d'avance de sa surprise. Pour lui, elle a enfilé la robe en coton bleu et blanc, simple mais élégante, qu'elle vient d'acheter. Sans manches, légèrement froncée sous la poitrine, la robe redevient presque droite à partir des hanches de sorte que, de dos, on ne devine pas son état.

W. ne s'inquiète que d'une chose : que le bébé lui ressemble. Il dit cela d'un air plein de sous-entendus, comme si cela dépendait d'elle.

Une violente bouffée de chaleur l'envahit alors. Les rideaux du salon, de couleur crème, deviennent soudain très sombres, le buffet marocain se met à tourner dans la pièce. Elle s'agrippe au bras du fauteuil sur lequel elle est assise. « Un malaise, ma chère ? » Il dit qu'elle est toute rouge. Malgré l'ironie qui perce dans sa voix, il lui apporte un verre d'eau et attend qu'elle le boive pour la questionner. Que se passe-t-il ? Elle ne veut pas que cet enfant lui ressemble, ou elle sait qu'il ne *peut pas* lui ressembler ? Dans ce cas, ils savent tous les deux ce que cela signifierait, n'est-ce pas ? Et il n'aimerait pas du tout cela.

Sa voix est menaçante. Elle n'a plus le choix. Elle doit le lui dire.

C'est encore plus difficile que ce qu'elle craignait. Elle a attendu trop longtemps.

Il l'insulte, hurle à la trahison, jure qu'il ne lui pardonnera jamais. Deux ans ! Elle a attendu deux ans pour lui en parler ! Quel genre de femme est capable de cacher ses origines à son époux ? Oh, mais oui : une Indienne ! Seule une Indienne, rusée comme tous ceux de sa race, peut faire cela. Que sa grand-mère soit venue du Cachemire ou du fin fond du Manitoba, c'est pareil. Elle est une sang-mêlé. Elle ne vaut pas mieux que tous ces bougnoules qu'il croise tous les jours sur le chantier. Dire qu'il a cru épouser une vraie jeune fille, aussi jolie que naïve ! Il l'a prise pour une oie blanche mais elle n'était même pas blanche. Quant à l'oie...

Il s'étrangle de rage, cherche les mots les plus blessants qu'il puisse trouver.

Que lui a-t-elle dit de si terrible ?

Que l'enfant lui ressemblerait certainement sauf, peut-être, pour la couleur de la peau : il n'est pas impossible que celle-ci soit plus foncée que celle de ses parents.

44

À dater de ce jour, le germe du mal implanté en lui prolifère dangereusement. Elle s'est habituée aux reproches permanents et aux ordres absurdes. S'y ajoutent désormais les accès de colère, les insultes et une multitude de sanctions. Elle a beau s'efforcer de ne pas déclencher sa fureur, celle-ci explose sous les prétextes les plus divers. Elle ne sait pas tenir sa maison – « Vous voyez, là, ces traces de saleté ? Ne me dites pas que vous avez fait le ménage ! Et ces plis dans mes chemises ! Vous prétendez savoir repasser ? Quelle menteuse ! »

Ou bien elle a enfilé une robe qui lui déplaît pour aller au cinéma avec lui. En représailles, il décommande la voisine à qui elle a fait appel pour garder les enfants et il la laisse avec eux à la maison. À son retour, il lui raconte le film, la salle bondée de jeunes gens joyeux, les friandises qu'il a mangées à l'entracte. « Tenez, j'en ai rapporté pour les enfants. J'ai vraiment passé une excellente soirée ! »

Un jour, elle donne à un homme qui passe à vélo les vieux numéros du *Figaro* que W. entasse dans un coin du salon. En apprenant cela, il part pendant plusieurs jours en les laissant sans argent, elle et les enfants.

C'est sa punition favorite : les priver de nourriture. Ils sont à sa merci. Cette faim-là est pire que ce qu'elle a connu durant la guerre. Ce n'est pas seulement son ventre qui se tord de douleur, c'est aussi celui de ses enfants. Personne ne devrait avoir à vivre cela. Alors elle économise sur tout ce qui n'est pas indispensable, elle achète les produits les moins chers dans les boutiques les moins chères : de la Vache qui rit industrielle, dont elle coupe chaque portion en deux, au lieu de fromage frais. Du lait en boîte au lieu de lait frais. Des pois chiches au lieu de légumes verts. Parfois, au marché, elle fait comme tous les autres. Elle ramasse à terre un fruit ou un légume tombé d'un cageot ou que l'on a jeté parce qu'il est pourri – un pamplemousse par-ci, une pomme de terre par-là, une poignée de fèves. De quoi faire une soupe bien épaisse. W. sait qu'elle n'ira pas quémander chez la voisine, encore moins dans la rue où le flot des mendiants ne lui inspire que mépris. Il voit une race de fainéants là où Paula voit des gens aussi malheureux qu'elle.

Lorsque W. est de retour à la maison, l'argent et la nourriture réapparaissent instantanément mais à petites doses. Il se plaint que sa famille lui *mange* tout son argent. En sa présence, la peur empêche Paula de s'alimenter, ce dont ne se doutent pas les femmes qui lui envient sa silhouette fine et sa taille de guêpe. Elles lui envient aussi ses trois garçons. « Trois garçons ! Quelle chance tu as ! Grâce à eux, ton mari ne te répudiera jamais. Sa descendance est assurée. Et plus tard, tes fils s'occuperont de toi, tu verras. Les filles, ce n'est pas pareil. Les filles ne comptent pas. »

Elle le sait déjà, qu'elle ne compte pas; qu'elle n'est que la cinquième roue du carrosse, un carrosse constitué uniquement de mâles dont trois, pourtant, sont issus de ses entrailles.

Lorsqu'il ne crie pas après elle, W. s'enferme dans un mutisme délibéré. Il refuse de répondre à ses questions, ne lui adresse ni une parole ni un regard durant des jours. Elle est invisible à ses yeux, simple mouche qui ne le dérange même pas. Il souffle le chaud et le froid de sorte qu'elle ne sait jamais à quoi s'attendre. Impossible de se préparer pour amortir les chocs.

Plus tard viennent les coups – sur elle et sur les enfants. À elle les gifles, les bleus sur les bras lorsqu'il l'agrippe violemment, sur les jambes lorsqu'il la projette contre un meuble, les douleurs au cuir chevelu lorsqu'il la traîne par les cheveux. À Jean-Bernard les coups de ceinture dans le dos. Mais cette fois elle s'interpose. Elle n'a plus dix ans et le petit garçon qui hurle et sanglote est son propre fils, pas son petit frère. En vain. Ses tentatives pour se placer entre lui et les enfants décuplent sa fureur. Pour la priver de tout moyen de secours, il arrache les fils du téléphone.

Guillaume, lui, s'enferme à clé dans le cabinet de toilette et y passe la nuit, terrorisé. D'autres fois, il chipe un morceau de pain et file dehors dès qu'il entend la voix de son père.

Par chance, Alexandre n'est encore qu'un bébé. W. n'ose pas le toucher.

Le piège se resserre sur elle à chaque nouvelle naissance, à chaque inquiétude sur la couleur de la peau de l'enfant à naître. C'est ainsi, elle ne peut rien y faire Elle se sent comme un hamster condamné à tourner éternellement dans la roue de sa cage. S'enfuir avec trois enfants en bas âge ? Pour aller où ? Sa mère l'accablerait de reproches et lui ordonnerait de retourner auprès de son mari, Firmine l'accueillerait avec la suffisance de ceux qui se croient à l'abri du malheur, Violaine se désolerait de n'avoir ni la place ni les moyens de lui venir en aide. De toute façon, elle ne veut en parler à personne. Ils n'ont pas besoin de savoir. C'est son affaire à elle, et à elle seule. D'autant plus qu'ils ne comprendraient pas qu'elle puisse encore l'aimer.

Oui, elle l'aime toujours. En dépit des traitements dégradants qu'il leur fait subir, en dépit de la peur, de la faim et de la solitude, elle garde espoir. Elle guette le moindre changement de comportement de sa part. Un regard appuyé, un geste de galanterie, un rire complice, un cadeau surprise – cela arrive parfois, bien que rarement. Ne serait-ce pas le signe d'un retour d'affection ou, simplement, une infime évolution de la situation ? Alors elle redouble d'efforts pour lui être agréable. Elle sourit davantage, ne le contredit pas, devance tous ses désirs.

Puis, de nouveau, le cycle infernal recommence.

## 45

Un matin d'avril, le facteur lui apporte un télégramme. Violaine se trouve à Marseille et souhaite lui rendre visite. Elle peut prendre le bateau du lendemain et être chez Paula d'ici à deux jours.

Violaine ici, à Rabat! Paula en rêve depuis longtemps. Elle espère que W. se trouvera loin d'eux lors du séjour de sa sœur. Il lui arrive de mentir sur la date de son retour à la maison. Il le fait exprès, pour la surprendre, dit-il. Mais Violaine n'a pas besoin d'assister au naufrage qu'est son mariage.

Sa famille lui manque. Ses enfants connaissent à peine leurs grands-parents. Ils ne connaissent pas son père, cloué dans un fauteuil roulant depuis son accident de cheval. Elle-même ne l'a pas revu depuis des années. Quant au séjour que sa mère a effectué ici quelque dix-huit mois plus tôt, heureusement en l'absence de W., il a été trop court pour que les enfants s'attachent véritablement à leur grand-mère.

Paula n'a jamais vu les yeux de ses enfants ni ceux de sa mère pétiller du plaisir d'être ensemble. Elle ne les a jamais entendus rire ensemble, elle qui rêvait de voir Jean-Bernard, Guillaume et Alexandre se précipiter le matin pour se blottir dans les bras de Mamie dont la corpulence aurait pu les accueillir tous. Elle aurait voulu voir leurs petites mains se glisser dans celle de leur grand-mère pour partir en promenade avec elle dans le jardin public, au bout de la rue. Elle aurait voulu entendre sa mère leur chanter des chansons.

Mais rien de tout cela n'est jamais arrivé. Ni avec ses enfants, ni avec elle, ni avec ses frères et sœurs.

Dans ses souvenirs de la Martinique ne figurent aucun moment de tendresse entre sa mère et elle, aucune marque d'affection, aucun baiser. Paula se demande parfois si sa mère a même une odeur, celle que chaque enfant reconnaît entre toutes. La seule comptine que sa mère lui ait jamais chantée – celle-ci la tenait de Madame Gilberte, la gouvernante noire qui l'avait élevée – lui trotte dans la tête à intervalles réguliers, comme un avertissement pour ne jamais oublier d'où elle vient :

*Une négresse qui buvait du lait,*
*Ah! se dit-elle, si je le pouvais,*
*J'tremperais ma figure dans un bol de lait,*
*Je serais plus blanche que tous les Français.*

Le séjour de Violaine ne se passe pas, lui non plus, comme Paula l'envisageait. À la place de la bouffée d'air frais qu'elle espérait – elle se voyait déjà faisant les magasins avec sa sœur, bras dessus, bras dessous, prenant le thé avec elle à la terrasse d'un salon ou se divertissant d'un bon film au cinéma du centre-ville –, c'est une Violaine éplorée qu'elle serre dans ses bras à l'arrivée en gare de son train. Une Violaine méconnaissable – bien que toujours aussi élégante dans une robe à fleurs cintrée qu'elle a faite elle-même, assortie d'un petit chapeau jaune citron – qu'elle doit réconforter durant toute une semaine. Alors Paula endosse le rôle de la grande sœur qui réconforte et panse non seulement les blessures du corps mais aussi celles du cœur. Il n'est ainsi pas question des siennes, recouvertes de bandages aussi épais que la peau d'une darbouka.

Violaine, songeuse, chipote dans son assiette, poussant sur le côté les morceaux de viande de mouton qu'elle n'aime pas. C'est leur premier déjeuner en tête à tête. Puis brusquement, comme à bout de souffle, elle laisse s'échapper un flot de paroles trop longtemps retenues.

Un jour qu'elle se rend chez Hippolyte sans l'avoir prévenu, elle découvre qu'il est marié. Lui et sa femme vivent dans une magnifique villa sur les hauteurs du Diamant, avec vue sur le fameux rocher.

Sa liaison avec Hippolyte dure depuis suffisamment longtemps pour que Violaine se sente en droit d'exiger des explications et le mette au pied du mur : soit il quitte sa femme, soit elle, Violaine, le quitte définitivement.

Il la supplie de n'en rien faire. Il tient à elle, mais il ne peut pas quitter sa femme. La maison lui appartient, c'est elle qui les fait vivre tous les deux grâce à son travail dans l'agence immobilière de son père. Le club de jazz que Violaine connaît bien marche mal, ses concerts de saxophone lui rapportent tout juste de l'argent de poche – celui avec lequel il l'emmène au restaurant ou en excursion jusqu'aux îlets, où ils se baignent dans une eau turquoise avant de déjeuner sur la plage, à l'abri des regards.

Violaine n'a pas le cran de mettre sa menace à exécution. Non seulement elle ne rompt pas, mais elle croit Hippolyte lorsqu'il lui affirme qu'il l'aurait épousée s'il n'avait pas déjà été marié.

Paula tourne machinalement sa cuillère dans la tasse de café auquel elle n'a pas ajouté de sucre. Le regard de Violaine, assise en face d'elle à la table de la cuisine, évite le sien et erre tristement sur les étagères presque vides.

Comment sa sœur peut-elle trahir à ce point les principes que leur ont inculqués leurs parents ? se demande Paula. Avoir une aventure avec un homme qui non seulement est noir, mais en plus marié !

Paula ne se doutait pas que Violaine avait dépassé à ce point les limites. Et durant tout ce temps, celle-ci avait continué à fréquenter sa famille comme si de rien n'était, sans se sentir le moins du monde déshonorée, sans rougir à la pensée de sa conduite inconvenante. C'était à peine imaginable.

Elle-même, si elle s'était trouvée – Dieu l'en préserve – dans cette situation, n'aurait pas supporté de voir dans le miroir le reflet de sa propre turpitude. En lieu et place de la jeune fille de bonne famille qu'elle était, elle y aurait vu une âme en perdition, incapable de résister à des pulsions malsaines, une sorte de souillon qui piétinait de son propre chef ce qui lui avait été donné en abondance : le sens du devoir et de l'honneur, la droiture. Elle aurait préféré en finir plutôt que de vivre avec une telle image d'elle-même.

Mais Violaine semble si profondément affectée que Paula ravale ses commentaires sur les révélations de sa sœur. Celle-ci, mal à l'aise, fait tourner la jolie bague qu'elle a au doigt comme si elle voulait l'extirper d'un coup sec pour abréger ses souffrances. Peut-être n'a-t-elle pas perçu, jusqu'à ce jour, la profondeur du mal qu'elle se fait à elle-même autant qu'à sa famille ? s'interroge Paula. Elle était si jeune à l'époque ! D'ailleurs, Hippolyte n'a-t-il pas profité de sa jeunesse et de sa naïveté ?

Paula se sait impuissante à aider sa sœur. Comment le pourrait-elle, elle à qui personne ne tend la main ? Elle ne peut s'empêcher d'admirer, malgré tout, sa jeune sœur d'avoir eu le courage de parler, de se soumettre au regard de l'autre. La honte redouble sa peine, et pourtant elle est toujours là, assise en face d'elle, attendant le verdict.

Elles sont assises côte à côte sur le canapé en tissu jonché de multiples coussins de style oriental. Leurs épaules se touchent. Un gros album dont la couverture en cuir marron est incrustée d'une vignette en ivoire de forme ovale, sur laquelle on a peint un bateau à voile, est ouvert sur leurs genoux. Elles commentent chaque photo, partagent les souvenirs de leur jeunesse en Martinique. Elles trouvent refuge dans cette période heureuse de leur vie comme si le malheur, loin de les séparer, les réunissait à nouveau. Elles ont traversé ensemble trop d'épreuves pour que le lien puisse être défait.

## 46

Elles se faufilent dans les ruelles étroites de la vieille ville, éblouies par la réverbération du soleil sur les murs blanchis à la chaux. L'air est doux, la matinée sereine. Fatiguées de leur promenade, elles s'asseyent sur des marches qui semblent propres et replient les jambes sous leurs jupes. Personne ne les regarde.

Violaine revient sur le sujet qui la préoccupe.

Elle dit que le piège dans lequel elle se trouve n'est pas si différent de celui dans lequel leurs ancêtres sont tombés. Que malgré sa peau blanche, elle n'a pas la liberté d'aimer qui elle veut. Qu'Hippolyte, dont les ancêtres sont africains, non plus. Qu'Augusta, leur grand-mère indienne, pas davantage. Que tous sont victimes du même système, de la même interdiction de se mélanger.

Paula, qui n'a pas soufflé un mot à sa sœur du piège dans lequel elle-même est en train de se noyer, s'énerve. Finalement, Violaine est comme notre grand-mère, pense-t-elle. Elle n'ose pas le lui dire, alors elle répond que si piège il y a, c'est celui dans lequel toute la famille est tombée depuis que leur arrière-grand-mère a foulé le sol de la Guadeloupe. C'est à cause d'elle que tout a commencé.

Rendre responsable une pauvre femme qui n'a fait que débarquer d'un bateau où se trouvaient des centaines d'engagés indiens et louer ses services à un colon met Violaine hors d'elle. Paula aurait-elle oublié qu'il faut être deux pour faire un enfant ? Et qui est allé faire un enfant à leur arrière-grand-mère ? Ce même colon. Qui, ensuite, est allé faire sept enfants à leur grand-mère Augusta ? Un autre Blanc, leur grand-père. Que celui-ci les ait élevés ne fait pas pour autant de lui un homme bon. Il les a empêchés de se marier et de fonder une famille. Il se croit toujours au temps de Napoléon et de sa ligne de démarcation infranchissable. D'ailleurs, est-ce qu'il sait que tout ça, l'esclavage, la colonisation, c'est terminé ? Est-ce qu'il sait que les Antilles sont maintenant des départements français ?

Mais Paula insiste.

Leur mère a tant souffert d'être la fille et la petite-fille d'une coolie ! Si encore cela ne s'était pas vu sur son visage. Grand-Père ne pouvait pas accepter que l'aînée de ses enfants se marie, sinon tous les autres l'auraient fait. Et les autres auraient pu épouser des Noires ou des Indiennes.

Soudain, elle se tait. Le terrain est devenu glissant, à la limite des sables mouvants. Et, en effet, Violaine ne se contrôle plus.

Leur mère ? Parlons-en. Paula aurait-elle déjà oublié la façon dont celle-ci l'a traitée ? D'après elle, pourquoi était-elle si pressée que ses filles se marient ? Pas parce qu'elle avait trop de bouches à nourrir et que le salaire de Père n'y suffisait pas, ah ça non ! Paula se souvient-elle qu'ils habitaient dans une belle villa à quelques mètres de la plage, et qu'à part les pénuries en temps de guerre ils ne vivaient pas dans la misère ? La vérité, c'est que leur mère craignait que, comme tant d'autres filles, les siennes soient séduites par un bel Antillais à la peau sombre qui leur aurait passé la bague au doigt et fait une multitude d'enfants. Sa seule peur était que ses filles contractent une mésalliance, comme on disait dans leur milieu. Oui, c'est ce qui aurait pu lui arriver, à elle, avec Hippolyte. Augusta aussi aurait bien aimé se marier. Elle n'a pas eu le choix et sa mère, Chandra, encore moins.

Violaine est au bord des larmes. C'est la première fois, depuis leurs chamailleries d'enfants, qu'elles se disputent.

47

Comme beaucoup d'autres, Chandra avait été recrutée en territoire britannique. Les Anglais, en effet, ont accepté que les Français, dont les comptoirs établis sur les côtes indiennes ne leur fournissaient pas suffisamment de main-d'œuvre, recrutent des engagés dans leur colonie. Venait-elle de la province de Madras, territoire tamoul à l'extrême sud de l'Inde, ou de la plaine du Gange ? Cela aurait alors fait d'elle une « Calcutta », une Indienne à la peau claire, contrairement aux Tamouls à la peau foncée.

À moins qu'elle ne soit venue du Cachemire et n'ait appartenu à la caste privilégiée des brahmanes. Dans ce cas, elle aurait simplement fugué dans un moment d'égarement ou de tensions familiales et aurait voulu mettre le plus de distance possible entre elle et sa famille. L'hypothèse concordait avec le fait que sa famille avait eu les moyens de partir à sa recherche et de la retrouver.

Quoi qu'il en soit, leur arrière-grand-mère ne parlait qu'anglais à son arrivée dans l'île.

Un jour, on frappa à la porte de l'Habitation Saint-Sulpice, là-bas sur les hauteurs. Un couple d'Indiens se présenta. La femme était vêtue d'un sari en soie jaune safran et portait de nombreux bijoux, dont une perle en or qui brillait dans sa narine gauche. L'homme, vêtu à l'occidentale, costume sombre et chemise blanche, avait les traits encore plus fatigués que ceux de sa femme. Au village, on leur avait dit qu'une jeune Indienne avec une enfant travaillait sur cette plantation. Serait-il possible de la voir, de lui parler ? Ils recherchaient leur fille, dirent-ils, à qui ils étaient prêts à pardonner la souffrance que leur causait sa disparition.

Par la suite, la bonne qui avait ouvert la porte fut récompensée pour son esprit d'à-propos. Méfiante, elle prétendit que ses employeurs n'étaient pas à la maison, qu'elle-même était nouvelle et ne connaissait pas encore tout le personnel. Si ces *missié zé dam* voulaient bien repasser dans la soirée ? Comme tous les libres de couleur, elle n'aimait pas les *z'indiens*, ces nouveaux venus sur son île natale. C'était eux, maintenant, les esclaves.

Il ne fallut que peu de temps à la famille pour éloigner sans la moindre explication Chandra et Augusta, sa fillette d'à peine trois ans. Chandra avait dix-neuf ans. Elle était à leur service depuis la naissance de sa fille et leur donnait entière satisfaction : elle s'occupait du linge de toute la maisonnée. Son employeur précédent – un béké lui aussi – l'avait jetée à la rue après lui avoir fait l'enfant dans des circonstances qu'ils n'avaient pas cherché à élucider. Personne ne savait si elle était consentante ou non. De toute façon tout le monde s'en fichait. Les Saint-Sulpice s'estimaient déjà magnanimes d'avoir recueilli l'enfant avec la mère et d'avoir donné du travail à celle-ci.

Le soir même, Louis, l'aîné, se rendit avec ses frères dans un coin isolé de la plantation. Louis emmena avec eux son fils Gaëtan. Là, ils firent un grand feu de bois dans lequel ils jetèrent les documents qui attestaient de l'identité de Chandra : un nom, un numéro d'enregistrement, un métier – lingère –, une affectation chez un particulier puis chez un autre. Qui sait si ces Indiens n'allaient pas revenir accompagnés de bandits et les accuser d'avoir enlevé leur fille ? S'ils n'allaient pas chercher à se venger ? Peut-être pas tout de suite – mais cela n'en serait que pire. Vivre pendant des années avec la certitude qu'un jour, sans crier gare, quelqu'un leur tendrait un piège ? Que plus jamais ils ne pourraient dormir sur leurs deux oreilles ? Peut-être même seraient-ils éliminés un par un ! Non, mieux valait ne pas s'exposer à une quelconque vendetta. Leurs ancêtres corses y avaient déjà goûté.

Lorsque l'homme et la femme revinrent le lendemain, on les fit entrer dans la maison, on leur servit à boire, on compatit à leur douleur. Non, ils ne connaissaient pas cette jeune personne. On leur souhaita bonne chance dans leurs recherches. On attendit qu'ils aient quitté l'île pour sortir Chandra et Augusta de leur cachette.

Gaëtan, leur grand-père, était alors âgé de quatre ans. Ce fut son premier souvenir d'enfance. Il ne se priva pas de le partager, plus tard, avec ses enfants et ses petits-enfants.

## 48

On vient parfois chercher Paula à la nuit tombée pour la conduire dans le souk tout proche de la petite villa où elle habite. Un étrange silence y règne. La foule grouillante de la journée a disparu, les commerçants ont baissé leurs rideaux. Seuls les pas de Paula résonnent sur le bitume.

Arrivée à destination, un rideau se soulève brièvement le temps de la laisser entrer dans un magasin. Là, dans l'arrière-boutique, un malade gît sur un matelas posé à même le sol : une femme en train de faire une fausse couche, un enfant grelottant de fièvre, un homme qui se tord de douleur. Parfois, le guérisseur a déjà prescrit des soins à base de plantes que le malade a scrupuleusement suivis. En vain. Faire venir le docteur est impossible pour des raisons financières et ils craignent par-dessus tout l'hôpital : les esprits du mal s'y déchaîneraient pour terminer l'œuvre déjà largement entamée.

Une fois épuisées les ressources de la médecine traditionnelle, ils font appel à Paula. Elle leur inspire confiance et sa voisine, Sourya, dit le plus grand bien d'elle. Et puis Paula est une exception parmi les colons. Elle parle arabe.

Elle fait des piqûres dans les yeux de ceux qui ont le trachome, panse des plaies purulentes, apaise les fièvres. Un jour, elle met au monde un enfant juste avant l'arrivée de la sage-femme. C'est une petite fille. Sa mère, reconnaissante, la prénomme Paula.

Paula profite de ses visites dans le souk pour transmettre des notions d'hygiène aux femmes qui s'affairent autour du malade : se laver les mains avant de faire un pansement, faire bouillir de l'eau, utiliser un thermomètre. Sa voix est ferme, ses gestes précis, les ordres qu'elle donne sont clairs. Sa présence rassure, on lui obéit respectueusement.

Dans ces moments-là, Paula retrouve l'assurance que W. lui ôte jour après jour comme on épluche un oignon, la laissant un peu plus démunie chaque fois. Dans ces moments-là aussi, son travail à l'hôpital de Fort-de-France lui manque – les réunions d'équipe où elle occupait une vraie place, pas un strapontin comme dans sa vie actuelle, les échanges avec ses collègues et avec les médecins, les malades qui s'attachaient à elle et la réclamaient.

Elle ne se fait pas payer. Les gens la remercient en lui apportant plus tard un tajine d'agneau, des gâteaux au miel, parfois même une poule vivante qu'elle n'ose pas refuser et qu'elle donne à Sourya. Celle-ci se charge alors de tuer la volaille, de la plumer puis de la cuisiner. Elles s'attablent ensuite avec leurs enfants autour d'un repas succulent. Ces jours-là sont des jours de fête.

Un soir, on frappe à sa porte. Les enfants sont couchés ; W., heureusement, est sur le chantier. L'homme qui se tient devant elle a relevé sur sa tête la capuche de sa longue djellaba en poils de chameau. Elle reconnaît Yassine, le vieil Arabe qui l'accueille à l'entrée du souk avant de la conduire vers le malade qui a besoin d'elle.

Pensant qu'il vient une fois de plus la chercher, elle se dirige vers le cagibi où elle cache sa trousse d'infirmière.

— Non, Madame. Je suis venu te dire de ne plus aller dans le souk. C'est trop dangereux pour toi.

— Yassine, tu me connais ! Que veux-tu qu'il m'arrive ? Je n'ai jamais eu peur dans le souk. Et puis, je suis avec toi.

— Mes frères tuent les tiens. Tu ne dois plus venir.

# 49

Paula ignore presque tout des événements qui secouent son pays d'accueil. Elle ne s'est jamais mêlée de politique. Pourquoi s'y intéresserait-elle ? À Rabat, elle mène la vie des femmes de la ville, une vie calme réglée par les tâches domestiques, une vie protégée des passions qui enflamment les hommes. Et, qu'elle le veuille ou non, elle mène aussi la vie des colons, même si elle n'en a qu'un vague aperçu à travers les quelques soirées auxquelles W. l'emmène parfois.

Elle les a déjà entendus, lui et ses collègues, se réjouir du coup de force du général Guillaume : l'arrestation et l'expulsion *manu militari* de Mohammed ben Youssef et de sa famille. Bon débarras ! Youssef aurait dû, comme son oncle et son père, se satisfaire du protectorat. Mais non, il voulait plus, il voulait l'indépendance. D'accord, le général Juin aurait procédé autrement. Mais c'est le meilleur moyen pour empêcher ce maudit sultan de détruire l'œuvre civilisatrice de la France.

Elle n'avait, alors, prêté qu'une oreille distraite à leurs propos. Comment pouvait-elle imaginer, elle qui a toujours vécu à l'écart des autres, ce qui se passait dans les villages ?

se demande-t-elle le lendemain, à la lecture des journaux qu'elle vient d'acheter pour la première fois de sa vie.

Elle découvre que les nationalistes, encouragés par la résolution des Nations unies d'accorder au Maroc le droit à l'autodétermination, sont entrés dans l'engrenage de la violence. Certains, organisés en bandes armées, ciblent aussi bien des Marocains que des Français modérés. Des trains déraillent, des bombes explosent sur les marchés, des gaz mortels se répandent dans les souks, des poches de guérilla enflamment les villages du Rif. Des gens sont arrêtés, d'autres abattus. Des « terroristes », ces nationalistes ? C'est ce qu'affirment certains journaux, brandissant l'horreur des attentats commis contre des fonctionnaires du protectorat par la Main noire, une organisation secrète qui vient d'être démantelée à Casablanca. Ou bien des « résistants » prêts à sacrifier leur vie pour lutter contre la répression brutale des autorités françaises et pour transformer le Maroc en un État libre, comme le proclament d'autres ?

Ses yeux s'emplissent de larmes au souvenir de son petit frère entré en dissidence à l'âge de dix-huit ans, revenu blessé de la guerre d'Indochine puis reparti combattre en Algérie. Peu lui importe, à elle, que ce soit aux côtés des fellaghas ou du général de Gaulle. Il est armé de la même détermination que celle de tous les combattants, de quelque bord qu'ils soient.

Qui sait si le vieux Yassine, si l'époux de Sourya, si le boulanger qui lui offre parfois des galettes de pain bouchiar pour ses enfants n'ont pas déjà pris les armes ?

C'en est fini de ses visites nocturnes dans le souk. Elle n'a plus rien à y faire : elle est la femme d'un colon. Elle doit abandonner sa planche de salut. Le minuscule espace de dignité qu'elle avait réussi à conserver disparaît dans le fracas des balles.

## 50

Quel a été le déclic, la goutte d'eau qui a fait déborder le vase ? Le levier sur lequel elle s'est appuyée pour faire voler en éclats la porte de sa prison ? Où a-t-elle trouvé le courage de demander le divorce ?

Nulle part. Paula n'a pas demandé le divorce. C'est W. qui l'a fait.

Il le lui annonce un matin tout en faisant son nœud de cravate. Il se prépare à rejoindre le chantier d'Essaouira.

Paula, assise sur le bord de leur lit, le regarde. Elle se réjouit déjà des semaines de répit à venir. Lorsqu'elle se lève pour épousseter les quelques cheveux tombés sur le blazer bleu de son mari, il la repousse avec une gentillesse inhabituelle. Inutile, il s'en sort très bien sans elle. De toute façon, il va bientôt se passer d'elle définitivement.

Que veut-il dire ?

Qu'ils seront bientôt divorcés.

Elle se laisse retomber lourdement sur le lit. Instinctivement, elle glisse sa main sous le revers du drap, à l'endroit où la couverture en laine repliée sur elle-même forme un abri doux et réconfortant. Seul le bruit des marteaux-piqueurs provenant de la rue déchire le silence qui s'est installé entre eux. Un bruit qui lui vrille les tympans et l'empêche de réfléchir. Il a décidé cela sans lui en parler ? dit-elle seulement. Mais pourquoi ?

Le souffle lui manque. S'est-il lassé d'elle, ou a-t-il trouvé là un autre moyen de la faire souffrir ?

Il ricane d'un air triomphant, retrouvant sa cruauté ordinaire. Il dit que Maria a fini par accepter de l'épouser. Qu'elle en a mis du temps, mais qu'il a réussi à la convaincre.

Maria. Paula chasse l'image de la maîtresse de son mari, une Italienne plutôt vulgaire, ni plus jeune ni plus jolie qu'elle-même. Ce n'est pas le moment. Elle doit se concentrer sur le mot terrifiant, amorce d'une chute vertigineuse, qu'il a prononcé. Comment sait-il qu'un juge lui accordera le divorce ?

Elle n'est pas contente ? Qu'elle ne dise pas qu'elle n'y a jamais pensé !

Elle baisse la tête pour qu'il ne lise pas la panique dans son regard. Évidemment, qu'elle y a pensé. Elle voulait même s'enfuir avec les enfants. Mais on lui a dit qu'ils seraient alors confiés à sa belle-mère, une femme qui ne les connaît même pas. Abandon du domicile conjugal. Elle n'aurait eu aucune chance dans un divorce.

De toute façon, ce n'est pas cela qu'elle veut, ce couperet qui tombe sans espoir de retour. Elle veut juste qu'il s'éloigne d'elle. Qu'il cesse de faire d'elle son souffre-douleur. Qu'il cesse de l'humilier, de la rabaisser, de lui dicter sa conduite, de la frapper, de frapper les enfants. Par-dessus tout, elle veut qu'il revienne à de meilleurs sentiments, elle veut lui donner la possibilité de changer. Ensemble, ils recommenceront une nouvelle vie. Tout être humain est capable de reconnaître ses erreurs puis de se racheter. Pourquoi pas lui ? Le repentir et le pardon sont des remèdes au mal. Elle se sent capable de lui pardonner. Elle pense à sa conversation avec son frère Gabriel. La rédemption, voilà ce qu'elle attend de W.

Elle ne veut pas non plus qu'il s'éloigne des enfants. Qui sait s'ils ne vont pas, un jour, lui reprocher de les avoir privés de leur père ? Trois garçons qui grandissent sans père, cela ne présage rien de bon. Elle veut leur donner, à eux aussi, une chance de se réconcilier avec lui – elle veut tant de choses, elle ne sait plus, tout s'embrouille.

Elle ne dit rien, comme d'habitude, ricane-t-il. Il doit partir, on l'attend à Essaouira. À son retour, il l'informera de la procédure. Il se peut qu'ils doivent partir.

Elle frissonne, croise les bras sur sa poitrine et le regarde s'éloigner d'un pas alerte. Il se dit probablement que cela ne s'est pas trop mal passé.

Après son départ, elle reste la journée entière prostrée sur son lit, une boule de feu au creux de l'estomac, l'esprit divaguant dans tous les sens. Procédure, avocat, tribunal, jugement. Elle se sent d'avance coupable – mais de quoi ? – et condamnée. On va lui retirer la garde des enfants. Elle a enduré sans rien dire des années de martyre, pensant faire ce qui était le mieux pour eux. Tout cela pour rien ? Tout cela pour qu'il la congédie – la *répudie*, dirait Sourya – avant que les enfants soient en âge de comprendre et voler de leurs propres ailes ? Si elle avait su !

Plus tard seulement, il lui vient à l'esprit qu'elle peut contre-attaquer. Elle n'a pas de preuves, mais elle pourra en trouver. Violaine, si elle lui explique la situation, témoignera certainement en sa faveur.

Et, qui sait, certains collègues de W. seront peut-être heureux de le mettre en difficulté ? Il n'est apprécié que de sa hiérarchie, ici, à Rabat, où se trouve la direction de l'entreprise. Il faut dire qu'il fait tout pour cela.

Mais à Essaouira, ses subordonnés qu'il traite avec mépris et ses collègues qu'il ignore la plupart du temps auront peut-être une revanche à prendre. Et la raison est toute trouvée : Maria.

# 51

Maria fait partie de la vie de W. à Essaouira. Il ne la cache même pas. Pire : il semble fier d'avoir une femme dans chaque ville. Loin de raser les murs de la Médina lorsqu'il aperçoit un de ses collègues, il s'arrange pour le croiser. « Je te présente Maria », dit-il alors sans plus de précisions au malheureux ébahi par son regard en coin qui dit clairement la nature de leurs relations. Au bureau et sur le chantier, on se moque discrètement de lui.

C'était le 1er mai. W. avait décidé de donner une grande réception chez elle, puisque c'est là qu'il habitait.

Jean-Bernard a environ dix-huit mois, Guillaume n'est pas encore né. W. a exigé sa présence à cette réception qui s'annonce grandiose. Il lui réservera une chambre dans un hôtel de luxe, promet-il. Sans doute une compensation pour la longueur du trajet. Douze heures de train, ballottée dans la chaleur suffocante, exaspérée par la promiscuité avec les nombreux voyageurs, leurs enfants, leurs valises, leurs animaux familiers. Le voyage lui paraît interminable malgré la beauté du paysage le long de la côte. Néanmoins elle se réjouit qu'il ait souhaité sa présence à cet événement. Serait-ce l'amorce d'un changement ?

C'en est un, en effet ; mais pas celui qu'elle espérait.

Une cinquantaine de personnes se pressent devant l'énorme buffet installé dans la cour du ryad. Une telle profusion de nourriture, de surcroît offerte par son mari, la choque. Elle baisse les yeux mais la beauté du sol – des carreaux de faïence d'un bleu azuréen – la met tout aussi mal à l'aise.

W. lui présente d'abord quelques collègues et leurs épouses. Les uns semblent étonnés, les autres gênés par sa présence. Puis il lui présente Maria, « une amie très chère ». Il la tient par la taille et lui adresse ses plus beaux sourires.

Paula comprend tout de suite qui est cette femme outrageusement maquillée et perchée sur des mules de plusieurs centimètres de haut. La journée est un calvaire, malgré la gentillesse de ceux qui remplissent son verre dès qu'il est vide et lui proposent constamment à manger bien qu'elle ne puisse avaler la moindre bouchée. Sans doute leur compassion est-elle à la mesure de leur désapprobation envers W.

Plus tard, celui-ci l'accompagne à son hôtel avant de retourner au ryad de Maria. Il ne cherche pas à nier – au contraire. « Je n'ai pas aliéné ma liberté en me mariant », lui dit-il. Il connaît Maria depuis plus longtemps que Paula. Il a toujours été amoureux d'elle, et sans leur différence d'âge – elle a dix ans de plus que lui –, c'est elle qu'il aurait épousée. Elle est originaire d'un petit village du Piémont où sa famille aurait vu d'un mauvais œil son mariage avec un étranger, de surcroît de dix ans son cadet.

Paula n'était donc qu'un second choix, une sorte de plan B. Est-ce cela que redoutait le prêtre qui les a mariés ? Sans doute a-t-il senti – comme Gabriel, qui possède lui aussi le don d'accéder en un éclair à la vérité des êtres – que l'amour de W. pour elle était feint. De quel droit lui aurait-il fait part de ses soupçons, au risque de briser leur future union ?

Mais elle n'allait pas baisser les bras. Elle allait tout faire pour reconquérir son mari. Dans sa famille, les difficultés conjugales n'existent pas. Et pour cause : ils sont très peu nombreux à s'être mariés.

Paula tremble à l'idée de décevoir sa mère. Elle ne veut pas être celle qui a échoué, celle dont le livret de famille porterait à jamais le sceau de l'infamie : divorcée. Elle ne veut pas être la première. Elle est prête à tout endurer pour sauver son mariage. Jusqu'à ce que W. lui en annonce la fin.

## 52

Le divorce ne peut pas avoir lieu selon les lois du Maroc – ils sont tous les deux français –, aussi W. s'arrange-t-il pour obtenir un poste à Paris. Il est suffisamment apprécié dans l'entreprise pour qu'on lui accorde la promotion demandée. Dès qu'il a trouvé un appartement en proche banlieue, il fait venir Paula et les enfants.

W. fait également venir Maria. Il l'installe dans un petit appartement du 14e arrondissement. « Je vais dans ma garçonnière », dit-il à Paula lorsqu'il s'absente. Au début, il ne disparaît que pendant deux ou trois jours, puis ses absences se prolongent. À la fin, avant même que le divorce soit prononcé, ils sont, de fait, séparés.

Quelque chose se dénoue en elle dès l'instant où elle s'installe dans sa nouvelle vie, comme si elle sortait la tête de l'eau après une longue période d'apnée.

L'appartement de Sceaux est suffisamment grand pour que chacun des garçons ait sa chambre, un luxe qu'ils n'ont pas connu avant. Le balcon sur lequel s'ouvre le salon est aussi large que celui de Grand-Bourg. Elle s'empresse d'y installer un hamac, renouant ainsi avec les fils de sa jeunesse et renvoyant le Maroc à une lugubre parenthèse.

Son environnement n'a plus rien à voir avec l'agitation des rues de Rabat. Le calme, les oiseaux au chant desquels elle se réveille le matin, la verdure – tout l'apaise. Du sixième étage, elle aperçoit la cime des arbres du parc de Sceaux dans lequel elle se promène quotidiennement. Elle emmène d'abord Guillaume et Alexandre à pied à l'école, située au centre de cette petite ville aux rues pavées et aux trottoirs bien propres. Les vitrines sont belles, les commerçants aimables – quoique plus distants que ceux de Rabat.

Jean-Bernard, lui, se rend seul à l'arrêt de bus par un sentier bordé de pavillons des années trente et de jardins fleuris dès qu'arrive le printemps. Le bus le déposera ensuite au lycée, un internat un peu étrange avec son parloir et sa salle des pas perdus.

Chaque matin, Paula chausse de bonnes chaussures, enfile selon la saison un vêtement chaud ou un imperméable et marche durant une heure ou deux dans le parc à la française soigneusement entretenu. L'alignement des arbres centenaires et la rectitude des allées d'une largeur peu commune l'aident à mettre de l'ordre dans le chaos qu'était sa vie.

Elle fait le tour du canal en forme d'octogone et écoute le jaillissement apaisant des cascades. Ou bien elle contemple, depuis le château du XIXe siècle fait de briques et de pierres, la vaste perspective qui s'étale à ses pieds. Ses poumons se dilatent, elle n'a plus jamais mal à la gorge – elle a réussi à avaler le désespoir qui y était autrefois coincé –, sa vie prend de l'expansion. La perspective étriquée qui était la sienne jusqu'à présent se dissout dans cet enchantement. C'est à se demander pourquoi W. lui fait une telle faveur.

La réponse ne tarde pas à arriver.

## 53

Une lettre envoyée par un huissier l'informe que son époux a demandé le divorce. Elle s'y attendait, forcément. Mais voir la triste réalité, même voilée de jargon juridique, est un choc. Ses jambes tremblent.

Il veut un divorce aux torts partagés. Qu'est-ce que cela veut dire ? En quoi est-elle fautive, elle ? De quoi va-t-on l'accuser ?

Elle ne va pas pleurer, non, pas maintenant. Mais elle ne sait pas quoi faire. Téléphoner à W. pour lui demander des explications risque d'aggraver la situation. Il est capable de tout. De se moquer de son ignorance. De profiter de son désarroi pour ne pas lui verser ce à quoi elle a certainement droit. De la narguer en lui parlant de Maria. De la menacer de lui enlever les enfants. Non. Mieux vaut attendre d'en avoir parlé à quelqu'un d'autre. Mais à qui ?

Le trajet en métro est long jusqu'aux ateliers de couture de Dior. Elle y a trouvé une place d'infirmière à mi-temps par le biais d'une petite annonce.

Elle a peu de travail et celui-ci n'est pas particulièrement intéressant – des bobos aux mains, des évanouissements ou des étourdissements, des maux de ventre ou de tête. Mais elle a des horaires réguliers et, surtout, un salaire.

Cantonnée dans l'infirmerie, elle ne fréquente aucune de ses collègues, qu'elles soient secrétaires, couturières ou stylistes. Elle ne les apprécie pas. Ce sont des snobs qui se vantent d'habiller la comtesse Machin, la femme du ministre Untel, ou n'importe quelle vedette du show-business. Elle n'a rien de commun avec ces femmes et encore moins avec leurs riches clientes.

L'une d'elles fait un malaise au cours d'un essayage. L'amie qui l'accompagne lui tient la main durant la demi-heure qu'elle passe allongée sur le lit pliant de l'infirmerie. Elle se sent rapidement mieux mais les deux femmes semblent vouloir prolonger ces instants de tranquillité. Elles discutent pendant que Paula range le flacon de sels, le tensiomètre et la boîte de compresses qu'elle a utilisée pour soigner l'éraflure que la cliente s'est faite en tombant.

— Drôle d'histoire, celle du meurtrier condamné à la peine de mort qui se convertit brusquement, dit l'une.

— Il s'imagine sans doute pouvoir échapper à la guillotine, répond l'autre. On ne se convertit pas au catholicisme comme ça, d'un claquement de doigts. Surtout qu'avant d'être le meurtrier d'un policier c'était un braqueur de banques. Pas un homme auquel on donnerait le bon Dieu sans confession.

— Il paraît que c'est surtout l'œuvre de l'aumônier de la prison, aidé de l'avocat du condamné. Un ténor du barreau. Maître Jacques, ou quelque chose comme cela.

— De la part d'un avocat, c'est bizarre.

— Un homme très pieux lui aussi, paraît-il. Il dit que tout homme est capable de se repentir et de devenir meilleur.

— Alors, il faudrait libérer tous les meurtriers qui se repentent, pour voir s'ils vont devenir meilleurs ?

— Sans doute pas.

Elles éclatent de rire.

Paula, qui était sur le point d'enlever ses gants en latex, a interrompu son geste et tendu l'oreille. C'est affreusement mal élevé d'écouter les conversations des autres, mais tant pis. Un avocat qui croit à la rédemption – un ténor du barreau, en plus ! C'est l'homme qu'il lui faut. Lui seul saura comment ramener W. à la raison et le faire changer d'avis. Elle ne veut pas de divorce, elle veut une séparation en bonne et due forme. Il doit bien exister une législation pour cela.

Elle trouve sans difficulté son nom dans le bottin. Benoît Jacques, avocat à la cour de Paris, cabinet au 1 rue des Feuillantines dans le 5$^{e}$ arrondissement.

Elle passe la nuit à s'agiter dans son lit sans pouvoir trouver le sommeil. Est-ce réellement bientôt la fin de son calvaire ? Elle a confiance en cet homme. Un meurtrier qui se repent, cela ne doit pas être fréquent. D'un autre côté, Maître Jacques est un spécialiste des affaires criminelles, mais l'est-il des divorces ? S'il est célèbre, son tarif risque d'être très élevé. Avec quoi va-t-elle le payer ? Les mille quatre cents francs par mois qu'elle gagne complètent tout juste l'argent du ménage que W. lui donne en début de mois. Certes, c'est mieux que ce qu'ils avaient pour vivre au Maroc. Mais de là à pouvoir payer un avocat...

Quinze jours plus tard, elle signe un accord avec Maître Jacques. Il défendra son affaire. Pour ses honoraires, on verra en temps voulu.

Il n'a pas été difficile à convaincre, horrifié par la liste de tout ce que ses enfants et elle ont enduré. Néanmoins, il l'avertit que son refus de divorcer et sa demande de séparation de corps vont compliquer sa tâche.

54

W. l'accuse de tous les maux. De n'être ni une bonne épouse ni une bonne mère. De s'être rendue en cachette, certaines nuits, dans le souk – pour y faire quoi, hein ? Fricoter avec les Arabes ? Et en laissant leurs trois enfants seuls à la maison ! Vous vous rendez compte, Madame le juge ? Alors que lui, il a toujours pris soin d'eux. Il travaillait énormément, là-bas, au Maroc, il a accepté des chantiers loin de chez lui pour pouvoir leur offrir un bon niveau de vie. Maintenant, ils vivent dans un bel appartement avec vue sur un parc. Du grand confort, presque du luxe. Et tout cela grâce à lui. C'est lui qui l'a acheté. À son seul nom ? Oui, bien sûr.

William et Paula sont assis sur des chaises inconfortables face au bureau de la juge aux affaires familiales, dans une salle au sous-sol du tribunal. Le vasistas opaque qui fait office de fenêtre diffuse une lumière lugubre sur le carrelage gris du sol et sur les armoires en fer qui débordent de dossiers. Ils sont accompagnés de leurs avocats respectifs. Maître Jacques est aussi épais et trapu que Maître Urbain, l'avocat de William qu'elle voit pour la première fois, est grand.

Paula ne s'attendait pas à ce que W. use de ces stratagèmes dans un déballage d'intimité dégradant. Elle aurait dû, pourtant. Elle le connaît. Elle aurait dû se méfier. Le fait qu'elle soit assistée d'un des meilleurs avocats de Paris le rend jaloux, pense-t-elle.

W. avait donc tout prévu et depuis bien longtemps. Comment a-t-il su pour ses visites dans le souk ? Tant de mensonges et de duplicité chez cet homme avec lequel elle a vécu près de quinze ans est à peine imaginable.

W. achève de la crucifier.

— Et puis, Madame le juge, ma femme est une Indienne. Vous savez comment ils sont.

Moment de flottement dans la salle. Le silence intensifie les bruits de pas qui résonnent dans le couloir puis s'éloignent. Paula se recroqueville sur sa chaise.

Voilà. Ce qu'elle redoute depuis toujours est arrivé. Il a étalé ses origines sur la place publique. Maintenant, tout le monde sait qu'elle est métisse, qu'elle est la petite-fille d'une de ces femmes suspectées d'avoir voulu blanchir leur race. Mais à quelle race appartient-elle, elle ? Son image dans le miroir le matin ne lui renvoie pas ce qu'elle voit se refléter en cet instant dans les yeux de W., après l'avoir vu dans les yeux de sa mère. Oui, c'est vrai. Sa propre mère les accablait, ses sœurs et elle, de son mépris tout en se couvrant elle-même de honte. Au point que Jean-Bernard s'est senti un jour obligé de la consoler. « C'est pas grave, Mamie, lui a-t-il dit. La nuit tu es noire, le jour tu es blanche. »

Mais l'opprobre s'est répandu comme une tache indélébile sur la robe de Paula, qui continue à la porter malgré sa saleté.

« Noble race », répond soudain la juge en regardant William droit dans les yeux. Puis elle donne la parole à Maître Jacques et à sa cliente.

Paula se redresse, prend une profonde inspiration. Le pire est passé. La peur fait place à la stupeur. Il existe donc une façon différente de voir les choses ? Attacherait-on ici moins d'importance à la couleur de la peau qu'à Grand-Bourg ou au Macabou ? Violaine aurait-elle pu vivre sereinement son histoire d'amour si celle-ci avait eu lieu à Paris, à Nice ou à Brest ? Elle a du mal à y croire.

— Madame Saint-Sulpice ?

Elle laisse ces questions de côté pour plus tard. Ces dernières semaines, son avocat n'a cessé de lui répéter à quel point l'audience de conciliation est importante. Elle doit se concentrer.

Elle dit qu'à son grand regret elle n'a pas pu obtenir de preuves de sa longue liaison avec Maria. Les témoins, restés au Maroc, n'ont pas répondu aux sollicitations de Maître Jacques. Mais elle possède une lettre écrite par sa sœur Violaine en sa faveur. Une lettre qu'elle a sollicitée et qui, pourtant, la remplit d'amertume.

Maître Jacques sort la lettre du dossier qu'il a posé sur ses genoux et la lit à haute voix.

« Chère Paula,

Ce qui t'arrive aujourd'hui avec William se serait produit bien plus tôt avec une autre femme que toi. Je n'en connais guère qui aurait supporté pendant tant d'années vexations, humiliations voire punitions, sans jamais faire preuve de gentillesse. Pour lui, cela aurait été faiblesse. Ce n'était pas à nous, les membres de ta famille, de te monter contre William et de t'ouvrir les yeux. Mais puisque les choses prennent cette tournure, je ne puis que te soutenir. »

Elle a tant voulu leur cacher la vérité qu'ils se sont mépris sur son compte. Sa mère, son frère Judde et sa sœur Firmine l'ont même accusée d'hypocrisie.

Ils n'ont jamais été dupes de son silence. Ils l'ont crue aveugle aux infidélités de W. et naïve au point de ne pas voir qu'il la manipulait. Eux savaient – du moins en partie –, a-t-elle appris lorsqu'elle a remercié Violaine de son courrier. Jean-Bernard avait un jour écrit à sa tante, sorte de bouteille à la mer jetée par un enfant de huit ans, que leur père était méchant, surtout avec Maman. C'est à la suite de cette lettre que Violaine était venue leur rendre visite à Rabat.

« Et vous ne voulez toujours pas divorcer ? » demande la juge en se tournant vers Paula après un long moment de silence. La pointe d'incrédulité qui perce dans sa voix n'échappe à personne, surtout pas à William. « Vous voyez bien qu'elle ment et que sa sœur est sa complice. Si c'était vrai, vous croyez qu'elle n'aurait pas déjà demandé le divorce ? »

Paula secoue vigoureusement la tête. Comment leur faire comprendre, une fois de plus, qu'elle ne veut pas que ses enfants puissent lui reprocher un jour d'avoir accepté le divorce ? Elle veut seulement vivre séparée de lui.

— Ce qu'elle veut, c'est m'empêcher de me remarier, voilà tout, dit William.

Cela ne lui était même pas venu à l'idée. Pourtant elle ne peut nier que, quelque part, cette hypothèse la réjouit. Elle a beau se comporter en bonne chrétienne, il lui arrive de ne pas se montrer charitable. Elle en a bien le droit – en particulier aujourd'hui, après toutes les calomnies qu'il a déversées sur elle. Et on appelle cela une tentative de conciliation ?

De nouveau, elle insiste en faveur d'une séparation de corps.

Maître Jacques, lui, est étrangement silencieux. Comme s'il savait déjà.

# 55

Ils sont de nouveau réunis dans la salle du sous-sol du tribunal.

Le regard que lui lance Maître Jacques la fait frémir. Elle n'aurait pas dû s'obstiner. Elle aurait dû suivre ses conseils.

La juge prononce le divorce aux torts réciproques comme si elle était, elle aussi, responsable. Les modalités du divorce sont, à première vue, acceptables : elle bénéficie d'une pension alimentaire et Maître Jacques a obtenu pour elle une « attribution préférentielle ». Paula continuera à vivre dans l'appartement de Sceaux, à condition qu'elle n'y refasse pas sa vie avec un autre homme – c'est ainsi qu'elle interprète l'obligation qui lui est faite de continuer à vivre dans cet appartement. Dans le cas contraire, W. reprendra l'appartement.

Le divorce ! Maître Jacques avait échoué, comme il avait échoué à sauver la tête du meurtrier, entre-temps guillotiné, de ce policier. Cependant, en lui ouvrant les portes de la rédemption, il avait redonné la paix à son âme.

Pas à celle de Paula.

Une forme d'interdiction planait désormais au-dessus de sa tête : celle de se marier. La même interdiction que celle faite autrefois à sa mère, à ses oncles et tantes. C'était injuste. Non qu'elle ait envie de lier de nouveau son sort à celui d'un homme, ah ça non ! Mais sa vie personnelle dépendait encore de W., qui exerçait sur elle une sorte de tutelle morale, et cela la révulsait. On l'amputait une fois de plus de sa liberté, elle qui n'en avait jamais eu. Pourquoi ? Pourquoi Dieu lui faisait-Il revivre les mêmes épreuves que celles de la génération précédente ? Qu'avait-elle donc à expier ?

À moins qu'Il ne veuille lui ouvrir un autre chemin, peut-être plus proche de ceux empruntés par son frère Gabriel ou par sa sœur Violaine.

À moins qu'Il ne veuille lui faire savoir que, malgré toutes les épreuves qu'Il lui avait envoyées, elle avait la possibilité de décider par elle-même de sa vie, de s'aventurer au-delà de la ligne de couleur. Il était encore temps de devenir elle-même.

*Depuis peu, certains de mes plus proches amis me posent une question qu'ils n'avaient jamais osé me poser, ou qu'ils ne se posaient pas : « Tu te sens noire ou blanche ? »*

*La formulation est révélatrice. Pourquoi ce « ou » qui divise au lieu de rassembler ? Comme s'il était inconcevable de se sentir à la fois noire* et *blanche, inconcevable d'appartenir en même temps à deux communautés. Ainsi, aujourd'hui encore, il faudrait choisir son camp comme au temps de l'esclavage et de la colonisation ?*

*Je me sens noire lorsque la révolte, le dégoût mais aussi un reste de peur ancestrale me submergent face aux assassinats de Noirs par la police américaine majoritairement blanche, face aux slogans et aux pancartes de manifestants proclamant, comme si ce n'était pas une évidence, que la vie des Noirs compte, face aux images de lynchage à l'époque du Ku Klux Klan.*

*Je me sens noire lorsque le timbre de la clarinette jouant la biguine, le swing du saxophone de John Coltrane, la polyrythmie des percussions africaines ou les pulsations de la batucada brésilienne me transportent et me donnent envie de danser.*

*Je me sens noire lorsque le comité d'entreprise me conseille le plus délicatement possible de ne pas participer au voyage à Saint-Pétersbourg (c'était avant la guerre en Ukraine), eu égard au racisme exacerbé des Russes.*

*Je me sens noire lorsque mon mari et nos amis allemands, alors que nous faisons une courte halte à vélo à Wittemberg, la ville de Luther, ne me quittent pas des yeux de peur que je sois prise à partie par les hommes au crâne rasé et aux mines patibulaires qui déambulent dans les rues. Un rassemblement de néonazis s'y tient ce jour-là.*

*Le reste du temps, je ne me sens ni noire ni blanche mais française. Ce que je* suis.

*Pour Paula aussi, la couleur de la peau est autant celle qui s'affiche à l'extérieur que celle que l'on porte au plus profond de soi. Malgré sa peau blanche – une condition nécessaire mais pas suffisante pour être une béké, ainsi qu'elle s'était pourtant présentée le jour de notre première rencontre –, elle est, comme moi, une sang-mêlé.*

*Mais elle n'a pas eu, comme moi, la chance de naître dans une famille ouvertement d'ascendance noire. Non seulement le métissage y est accepté mais il constitue une source de fierté, d'autant plus grande que la peau est plus claire. À leur naissance, on dit de certains enfants qu'ils sont « bien sortis » ou qu'ils ont « la peau sauvée ».*

*Dans la famille de Paula, le métissage n'a pas le même sens. Certes, sa peau blanche empêche que la question de se sentir noire ou blanche lui soit posée. Mais sa mère Césarine, métisse à la peau mate, sa grand-mère Augusta, métisse à la peau foncée, et son arrière-grand-mère Chandra, Indienne à la peau noire, la renvoient malgré elle à l'interdiction en vigueur chez son grand-père Gaëtan comme chez tous les békés d'hier et d'aujourd'hui : celle du métissage.*

*D'un côté, la fierté et une promesse de bonheur par l'amélioration du statut social; de l'autre, la honte et le bannissement, la tache indélébile qui salira toute la lignée.*

*Le rejet de l'Autre –* a fortiori *lorsque cet Autre se terre à l'intérieur de soi – ne permet pas de mener une existence sereine dans quelque pays ou région que ce soit.*

*Le soleil des tropiques n'a pas fait fondre la haine et le mépris entre Noirs, Blancs, Indiens, métis, mulâtres, câpres, chabins... La hiérarchie des couleurs de peau, aussi indigne que le système indien des castes – lequel a pour seul mérite d'être explicite –, a résisté au changement de millénaire.*

*Et les discriminations perdurent sur ces îles caribéennes que les ancêtres de Paula, les miens et ceux de millions d'autres ont peuplées de gré ou de force et justement par métissage.*

## DANS LA MÊME COLLECTION

José Eduardo AGUALUSA
La saison des fous

Aminata AIDARA
Je suis quelqu'un

Kangni ALEM
Un rêve d'Albatros

Théo ANANISSOH
Lisahohé
Un reptile par habitant
Ténèbres à midi
Delikatessen
Perdre le corps

Nathacha APPANAH
Les rochers de Poudre d'Or
Blue Bay Palace
La noce d'Anna

Mariama BARRY
Le cœur n'est pas un genou que l'on plie

Blick BASSY
Le Moabi Cinéma

Pascal BÉJANNIN
Mammo

Gaëlle BÉLEM
Un monstre est là, derrière la porte
Le fruit le plus rare ou la vie d'Edmond Albius

BESSORA
Cueillez-moi jolis Messieurs...
Et si Dieu me demande, dites-Lui que je dors

Mongo BETI
Le Rebelle I
Le Rebelle II
Le Rebelle III

Florent COUAO-ZOTTI
Poulet-bicyclette et Cie
Western tchoukoutou

Jacques DALODÉ
Très bonnes nouvelles du Bénin

Ananda DEVI
Pagli
Soupir
Le long désir
La vie de Joséphin le fou

Aly DIALLO
La révolte du Kòmò

Ousmane DIARRA
Vieux Lézard
Pagne de femme
La route des clameurs

Asya DJOULAÏT
Noire précieuse

Eugène ÉBODÉ
La transmission
La divine colère
Silikani
Métisse palissade
La Rose dans le bus jaune
Souveraine Magnifique
Le Balcon de Dieu

Brûlant était le regard de Picasso

Habiller le ciel

EDEM

Port Mélo

Gaston-Paul EFFA

Le cri que tu pousses ne réveillera personne

Rendez-vous avec l'heure qui blesse

Le miraculé de Saint-Pierre

La verticale du cri

L'enfant que tu as été marche à côté de toi

Libar M. FOFANA

Le fils de l'arbre

N'körö

Le cri des feuilles qui meurent

Le diable dévot

L'étrange rêve d'une femme inachevée

Comme la nuit se fait lorsque le jour s'en va

Un arc-en-ciel dans les ténèbres

Emmanuel GENVRIN

Rock Sakay

Sabena

Mambou Aimée GNALI

Bèto na Bèto. Le poids de la tribu

L'or des femmes

Emmanuel GOUJON

Depuis le 11 septembre

Mahamat-Saleh HAROUN

Djibril ou les ombres portées

Les culs-reptiles

Marie-Thérèse HUMBERT
Les désancrés
Maisons et Royaumes

Sylvie KANDÉ
Lagon, lagunes
La quête infinie de l'autre rive

Fabienne KANOR
D'eaux douces
Humus
Les chiens ne font pas des chats
Anticorps

Edem KODJO
Lettre ouverte à l'Afrique cinquantenaire

Koffi KWAHULÉ
Babyface
Monsieur Ki. Rhapsodie parisienne à sourire pour caresser le temps

Henri LOPES
Ma grand-mère bantoue et mes ancêtres les Gaulois
Une enfant de Poto-Poto
Le Méridional

Antoine MATHA
Épitaphe

Justine MINTSA
Histoire d'Awu

Boniface MONGO-MBOUSSA
Désir d'Afrique
L'indocilité. Supplément au Désir d'Afrique

Scholastique MUKASONGA
Inyenzi ou les Cafards

La femme aux pieds nus

L'iguifou. Nouvelles rwandaises

Notre-Dame du Nil

Ce que murmurent les collines. Nouvelles rwandaises

Éric MUKENDI

Mes deux papas

Tidiane N'DIAYE

Les Falachas, Nègres errants du peuple juif

Le génocide voilé

Par-delà les ténèbres blanches

Le jaune et le noir

L'appel de la lune

Donato NDONGO

Les ténèbres de ta mémoire

Mamadou Mahmoud N'DONGO

La géométrie des variables

Mood Indigo

Remington

Les corps intermédiaires

Kraft

Golda Kane

Patrice NGANANG

L'invention du beau regard

NIMROD

La traversée de Montparnasse

Le temps liquide

Idi NOUHOU

Le roi des cons

Gaël OCTAVIA
La fin de Mame Baby
La bonne histoire de Madeleine Démétrius

Frédéric OHLEN
Quintet
Les mains d'Isis

Gérard PRUNIER
L'amour est plus dangereux que la mâchoire des crocodiles

Jean-François SAMLONG
Une guillotine dans un train de nuit
En eaux troubles
Hallali pour un chasseur
Un soleil en exil

Arnold SÈNOU
Ainsi va l'hattéria

Amal SEWTOHUL
Histoire d'Ashok et d'autres personnages de moindre importance
Les voyages et aventures de Sanjay, explorateur mauricien des Anciens Mondes
Made in Mauritius

Natasha SOOBRAMANIEN
Genie et Paul

Sami TCHAK
Place des Fêtes
Hermina
La fête des masques
Les fables du moineau

Anne TERRIER
La malédiction de l'Indien
La nuit tu es noire, le jour tu es blanche

Amos TUTUOLA
L'ivrogne dans la brousse

Tchicaya U TAM'SI

J'étais nu pour le premier baiser de ma mère,
Œuvres complètes, I

La trilogie romanesque : Les cancrelats – Les méduses – Les phalènes,
Œuvres complètes, II

Ces fruits si doux de l'arbre à pain – La main sèche – Légendes africaines,
Œuvres complètes, III

Abdourahman A. WABERI

Rift Routes Rails

Transit

*Composition : PCA/CMB*
*Achevé d'imprimer par CPI Firmin-Didot*
*à Mesnil-sur-l'Estrée, décembre 2023*
*Dépôt légal : décembre 2023*
*Numéro d'imprimeur : 177861*

ISBN : 978-2-07-305234-6 / Imprimé en France

**622658**